麦田阳光

美丽乡村助读书系

乡村助读，让中国的乡村从风景到精神愈加美丽。

麦田阳光

美丽乡村助读书系

乡村助读，让中国的乡村
从风景到精神愈加美丽。

捉流水

ZHUO LIUSHUI

高洪波 顾问　陈彦玲 主编

葛水平 著

山西出版传媒集团 山西教育出版社

图书在版编目（CIP）数据

捉流水 / 葛水平著. 一 太原 ：山西教育出版社，2023. 8

ISBN 978-7-5703-3551-0

Ⅰ. ①捉… Ⅱ. ①葛… Ⅲ. ①散文集—中国—当代 Ⅳ. ①I267

中国国家版本馆 CIP 数据核字（2023）第 156773 号

捉流水

ZHUO LIUSHUI

选题策划 李梦燕
责任编辑 韩德平
助理编辑 张可迪
复　　审 海晓丽
终　　审 康　健
装帧设计 王春声　薛　菲
印装监制 蔡　洁

出版发行 山西出版传媒集团 · 山西教育出版社
（太原市水西门街馒头巷 7 号　电话：0351-4729801　邮编：030002）
印　　装 山西基因包装印刷科技股份有限公司

开　　本 890 mm×1240 mm　1/32
印　　张 5. 5
字　　数 84 千字
版　　次 2023 年 8 月第 1 版　2023 年 8 月山西第 1 次印刷
书　　号 ISBN 978-7-5703-3551-0
定　　价 32. 00 元

根植乡野，眺望远方（代序）

李东华

把“美丽乡村助读书系”做成精品，为新时代新乡村新少年的成长助力，这个美好心愿，把出版者、策划人、作家、编辑聚集在一起，大家郑重其事地播下种子，然后怀着庄重而又快乐的心情，等待所有努力慢慢发芽。

我曾经有幸数次参加“我的书屋我的梦”乡村少年儿童阅读实践活动征文的评审工作，印象最深的就是2019年。面对从海量征文中初选出的近千篇作品，我油然而生一种“一夜好风吹，新花一万枝”的惊艳感。按照评委会要求，终评委们需要优中选优，再从中挑出几十篇最终获奖文章，这可让我犯了选择困难症，因为每一篇都像枝头迎着东风初绽的花朵，各有各的姿态，各有各的鲜妍，共同构成了蓬勃的春天，哪一朵都可爱得叫人不忍心舍弃。

但我想，我的这种“纠结”是一种喜滋滋的纠结——让人一下子就能感觉到，无论大江南北，全国各地乡村的孩子们，并不是仅仅某一地因为水土适宜而长势良好，而是齐刷刷地在拔节成长。这算是从空间这个维度的横向比较。再沿着时间轴纵向来看，我们可以清晰地感受到这几年的征文质量一年比一年高。从这些或长或短的文章中可以看出，孩子们的阅读内容越来越丰富了，小说、童话、诗歌，科幻、军事、历史、天文、地理……不同体裁不同领域，不论古今中外，凡属人类留下的智慧结晶，都在他们尚属稚嫩却又充满好奇的目光之内，都留下了他们求知和探索的小小脚印。

我想，也正是因为阅读的广博，让他们不管是生长于哪片偏僻的乡野，都能够从浩瀚的书海中汲取无穷无尽的滋养，获得世界性的视野。你能够从字里行间捕捉到一种“初生牛犊不怕虎”的淋漓元气，一种与周围世界、与他人、与自我对话时落落大方的自信表情，一种对祖国、对人类、对万事万物的真挚的爱。而这一切的呈现，又依赖于他们对于语言文字的日渐流畅的、自如的运用。

俗话说“熟读唐诗三百首，不会写诗也会吟”，阅读对于一个人写作能力的提升，是这些征文给予我的第一个鲜明印象。

那些已初步呈现出汉语言之美的遣词造句，那些灵动的、智慧的表达，那些对于生活细节的敏锐、精准的描摹，那些既充满孩子气又闪耀着思想光芒的惊人之语，都无不让人生发“后生可畏”的赞叹。

所以说，尽管摆在眼前的是一篇篇无言的征文，却分明让人看到了征文背后所站立的那一个个活泼的、天真烂漫的孩子，看到了新时代乡村少年儿童因阅读的积累而敢于讲述的不一样的“中国故事”。

对于孩子和国家、民族的关系，已经有很多精辟的认识和论述，“孩子是祖国的花朵”“孩子是民族的未来”“少年强则中国强”。然而，如果希望孩子们能撑起国家的明天，他们首先要撑起自己的明天，而阅读则是他们撬动未来命运的支点。“忠厚传家久，诗书继世长”，这是在中国乡间最常见的对联，一代又一代的人将它贴在大门上，可见在我们民族的潜意识中，书籍和人品是支撑一个国、一个家千秋万代延续下去的两根最坚实的立柱。将这样的对联贴在家门上，贴在最显眼的地方，就是在每时每刻提醒每一个人。我想这是一个有着五千年璀璨文明的民族最具智慧的共识。而要把这一共识真正落到实处，最需要着力的地方就是乡村了。

相比于有父母督促而阅读环境更优越的城市孩子来说，乡村孩子的阅读可能更需要政府、社会的引领，尤其是父母不在身边的留守儿童，阅读既是他们获取知识的有效途径，更是滋养他们心灵的精神引领。

我常常想，一个人需要有自己的书柜，一个家庭需要有自己的书房，一个城市需要有自己的公共图书馆，那么一个乡村，当然更需要有自己的书屋。

阅读“‘阳光麦田’美丽乡村助读书系”这套小书，对孩子们来说，能够得到的是思想和精神上潜移默化的熏陶和滋养。而持续地写作、出版一些适合乡村孩子阅读的好书，让这些书在助力乡村少年儿童阅读方面发挥作用，无疑是功在当代、利在千秋的事业——我们不妨来个小小的假设，全国有六十多万个乡村，假设每个乡村书屋中的书籍，都能够像投入湖心的石子，哪怕只在十个孩子的心中荡起涟漪，全国也会有六百多万个乡村孩子从阅读中受益。

美丽乡村既要实现生态意义上的“绿水青山”，也要构建精神层面的“绿水青山”，从这个意义上讲，用优质图书和阅读协助、帮助、辅助乡村阅读，繁荣乡村文化，是建设美丽乡村的有效路径。

面对这些适合乡村少年儿童阅读的文字，我似乎可以看到，未来的他们，因今天的阅读引领而描绘出自己的梦和憧憬。

这些梦，将根植于他们生活的山乡旷野，更将呼应着远方的星辰大海。

目　录

村　庄

题记

走到此处是不能不叫人的心空阔起来，走到此处，杨柳晚照的亮隙间，眼中有水，胸中有山，无怪乎端木叔要为他的先祖感叹了。

走吧，山峦河流皱出阳光的明暗，假如我不回头。

今生我的双脚要走过多少道路？

一条宽阔的谷地间，曾经有一条河流过，如今一群羊恰似河的洪峰滚出山间，向远处四散而去。

这生殖的土地，鲜花盛开，青草繁茂，正适合成为羊们的口粮。

一切都是晴朗的光照，数丈宽的河道蜿蜒，无水。下游一位年长的老汉说："往山里走是它的源头，公家人叫它沁河源。走到我的脸前头我们喊它秋水河，因为从前的秋天雨水多时它的声音大便有了这个别名。"

古人誉之为"沁水秋声"。

有诗曰：

> 滔滔沁河不停留，一色同天节到秋。
>
> 银汉高连云漠漠，金风暗转韵悠悠。
>
> 一帆风顺千波助，万簌含虚两岸幽。
>
> 浪及中州勤灌溉，但叫邻省屡丰收。

这条让"邻省屡丰收"的南北贯穿晋东南的沁河，发源于山西沁源县的霍山，郭道镇以上为上游，郭道镇以下经沁源、安泽、沁水、阳城等地进入河南境内，在河南沁阳接纳丹河后转向正东，在武陟附近汇入黄河。全长485公里，流域面积13532万平方公里。

沁河下游平原有广阔灌区，隋、唐时已开渠引灌。隋为通济渠，唐改为广济渠。元中统二年（1261）开浚的广济渠引沁水灌溉济源、沁阳、孟县、温县、武陟5地民田3000余顷，后20余年淤废，1329年左右修复，今济源、沁阳等县的广济河就是当年广济渠故道。

1952年修竣的人民胜利渠将武陟与卫河沟通，在沁河和黄河汇合处分洪。我从老百姓的嘴里知道，许多年沁河都没有涨水了。当年上游下雨下游涨河时，站在沁河岸边举着粪叉捞横财的人们一脸兴奋，洪峰一个浪头一个浪头滚来，猪啊羊啊的，河岸上等待的人心跳得“怦怦”响。

沁河古称沁水，也称少水，《左传·襄公二十三年》：“齐侯遂伐晋，取朝歌。为二队，入孟门，登太行。张武军于荧庭。成郫邵，封少水。”

文中的少水即沁河，当今指沁水县端氏镇附近河段。

端氏附近河段有西城村，是沁河岸边一个小村庄。2000年时村庄里有几十户人家，2012年的夏天人口少到只有十几户，村庄在老人眼里生成败灭，一代一代人老去，一代一代人成长，谁家的子孙活成人样子了，谁家的日子活得百般得劲。日子一天天垒起来，垒成了坟墓，活着的死了，死了的不出三代自家祖坟上的香火就断了。

老人说，人只能活三代。

三代后谁也记不得自己的祖宗。

长记性的人实在是少，除非自己的祖宗入了文字。

西城村的人不知道西城村的历史。西城村的历史关乎着中国古代社会进程的记忆，它是沁水历史上第一个政治经济文化中心。

你说这些，西城村人不信。

他们认为，现在的人都喜欢说大话，针尖大的事情能说成天大的窟窿。

可西城村确有历史可寻。

西城村是晋国最后的国都。从三家分晋始，最早的县治是西城村的端氏聚，历春秋、战国、秦汉、魏晋、北朝。隋代端氏、沁水二县并置，沁水县移至今日之县城。

西城村，这个名字很容易叫人猜想出答案：城西边的村子。没有人会想到它是端姓人聚居之地，走到现在我们已经很少见到端姓人了。在远古，姓和氏本是两回事，姓起源于女系，氏起源于男系。

《通志·姓氏略序》中记载：“三代之前，姓氏分而为二，男子称氏，妇人称姓。”秦汉以后，姓与氏始统称为姓氏。明末清初文学家顾炎武的《日知录·氏族》记：“姓氏之称，自太史公（司马迁）始混而为一。”

司马迁的《史记》有人说有小说的迹象，好读，不讲等级，以细节和故事为重，每个人都有自己不同于常人的品行和个性，把人写得极有感情，把历史写得极有个性。

《红楼梦》中林黛玉的潇湘馆挂有一副楹联：绿窗明月在，青史古人空。告诉我们人的寿命不及文字，而人活着，贪图富贵的人到最后也都把一切看透了，唯一对名垂青史贪得无厌。

从古到今有几人能入了史？

端氏聚的地名到现在已经无法考证了，所有人只知道沁水县有端氏，没有人知道有端氏聚的地方。历来执政者都喜欢修改地名，把端氏聚改成西城村，既没有内容又没有历史，无非是城西的一个村庄而已。

不能简单怨西城村的人不知道自己的过去，实在是循着村名找不出任何结果来。

历史对于端氏聚有幸，幸在与名人有缘，与政治有缘。一条大河为一介书生的姓氏而浩荡而激昂而感动的时候，姓氏与土地的结缘使得这块土地在历史中有福了。

明代吴宽的《家藏集》卷五七《端友传》中有：“端友，盖春秋时卫人，端木叔之裔。端木叔好游，庄周称其维山川险阻无所不之者也，曾南游过五岭至端州曰：‘此吾姓也。’止之，遂去木称端。”

端氏之姓由端木叔改之，端木叔为端木赐后裔，其与端友应当为战国时人。端木赐子贡为春秋卫国人。春秋时的卫国辖地按现在的版图来规划应该包括河南北部与东北部、河北西南部，与山西东南部接壤相邻。春秋时期，端木家族中可能有一支迁入山西沁河岸边，因为喜欢，所以入定。

走到此处是不能不叫人的心空阔起来，走到此处，杨柳晚照的亮隙间，眼中有水，胸中有山，无怪乎端木叔要为他的先祖感叹了。端木叔的先祖，唐人林宝的《元和姓纂》记载孔子弟子端木赐，字子贡。子贡后人以期字为氏而为贡姓，所以端木氏与贡姓实为同姓，后人改称端木氏为端氏。

卫地子贡，其子孙迁居沁水后，便称迁居之地为端氏聚。

越有文化的人越简单，如飘落至此的一团云笼罩在一堆柴上，无论落哪里都弥漫着人间烟火气。

端木赐是谁？是孔子七十二高足之一，字子贡，善言辞，在鲁国、卫国做过官。春秋时齐国曾攻打鲁国，子贡游说齐、吴、越、晋诸国，促使吴国伐齐，并大败齐师，保住了鲁国，子贡因此曾到过晋国。晋国先后建都于今山西翼城、曲沃，子贡由鲁国入晋，无论是去山西的翼城还是曲沃，一条沁水都是其必濯足的地方。

子贡又善货殖经商，经常往来于晋鲁之间，家有千金之富，是孔门最富有的弟子。

子贡遇过的最清澈的河是沁河，依傍着婆娑的树影，静立在流动的水边。时间、空间里的村庄，他驻足停留，一个生意人和一个学问者的满足，层叠的杨花柳絮，望过去，所有像一幅中国山水画中的墨晕染开去，风水由此展开。

到过沁水县郑庄西城村的人会发现，从地势上看西城村与河头村最初是连在一起的，只有连在一起我们才能看出历史上一个侯国国都的规模。

那么是什么坏了曾经完整的一座村庄的风水？

是流入沁河的县河之水？是战争？是变幻莫测的风云历史？

县河之水由西而来，河岸的树遮住了古人极目远望的视野。砍伐，一段繁华盛世的热闹景象，也是国家衰落而致穷奢淫逸的狂妄激情。

当卫地端木氏之一支迁居西城之地，以居地而名为端氏聚时，端氏聚隶属晋国。魏、韩、赵三家分晋时，迁晋君于端氏聚，西城成为晋国最后的国都。战国时沁水县归属韩国，继而赵国又夺去了晋君食邑之地，沁水又归属了赵国。

长平之战秦国灭赵，沁水又归属秦国河东郡。到了汉武帝时，湿成侯刘忠封到端氏聚，建立了端氏侯国，历西汉两百年；光武帝刘秀推翻王莽新朝后，恢复了刘氏天下，又封端氏聚为族兄成孝侯刘顺之子刘遵的食邑之地。也就是说，端氏聚在汉代因汉武帝实施“推恩令”，分封同姓诸侯王子孙，端氏聚“荣升”为一个小小的端氏侯国，直到成孝侯刘顺之子刘遵，端氏聚一直作为侯国之国都，也一直是这方土地上的政治文化中心。

我们来看西城村的风水，西北背靠紫金山，东临沁河，县河由西而东流，汇入南下沁河，冲积出一块三面山峰环拱、一面临水之高平之地，端氏聚就在高平之上，依山傍水，一方形胜，属风水之地。

端氏姓入住也罢，封为侯国也罢，古人对自己的居住是不敢有丝毫轻率的。沧海桑田总要被历史车轮无情碾压而过，县河水连年暴涨，不断冲刷崖岸，不断砍伐，不断战乱，不断历史割据，空气都沐浴了狂风和骤雨。

一座小小的侯国，当被风被水冲分为二时，伤风败俗的事情都来了。

历史出了许多谜，我们却不是解谜的人。

有时候想想，败灭比生成有一种格外神秘感和威严感。没有政治，没有声名，这个世界拥有这两样，没有比拥有这两样更可怕。

冲刷之故和历史变迁导致了地脉风脉散尽。曾为晋国国都、汉代侯国国都，曾为近千年沁水县政治经济文化中心的西城端氏聚，失去了旧日的辉煌与威势，只好随着沁河的东流消散了。

不知道明代之前可有端木氏的后人来此寻过自己的祖先？应

该说是汉代之前还有端木氏一支，他们的衰落又因为了什么？是因为“枪杆子里面出政权”？汉代王室的分封让村庄里的端木氏都赐姓了刘？还是因为富不过三代，朝代更迭中端木氏如强权政治裤裆里的虱子叫人家随便抓没了？

如两种结果取其一种，尘世劳作的端木氏一支左转右掉都显得悲凉了。

清代雍正年间泽州知府朱樟来到沁水，很想知道晋国的子孙生活得如何，到处查访找不到晋国子孙。晋国之前的端木氏，他想都没有想起来。他很伤感地作《端氏城怀古》诗云：

言寻鹿路转林腰，深喜居民未寂寥。
百折溪泉收嫩堰，一犁寒雨立疏苗。
山遮岭北峰尤峻，水曝村南势渐骄。
城郊已开分昔日，教人何处问椒聊。

椒聊指花椒子，喻子孙。

朱樟打问的是如今沁水县的端氏镇，端氏聚在汉代的时候就已经消失了，村庄的名字流落到离西城村数十里的沁河岸边，流落的途中丢失了“聚”，同时也丢失了自己不凡的身世。

端氏的村庄里哪里寻得见刘姓子孙!

如今西城村生活的依旧是汉代延续下来的子孙。

我看到刘姓子孙的后人，他们满身沧桑，满脸茫然，对于他们的先祖已成为断流的县河身后一个遥远的传奇。曾经的改朝换代，在他们来说已经成为今古故事。

岁月风景，往前活，有多少人远离了埋有自己血亲的故土?抽刀断水斩断了谁的富贵?

见一位挑箩筐的汉子走来，我迎上前说:“你们刘姓先人曾经做过汉代的皇帝。”

汉子盯着我的脸:“我的先人是李世民。”

我好一阵子才反应过来。他姓李，李姓又是什么时候迁来的呢？我冲着对方的背影喊过去:“你们西城村还有啥姓人家的后代?”

他甩过话来:“百家姓人家。”

一根扁担两头挑，担风担雨担重任，担天担地担日月。生活掩盖了生命的种种辛酸和叹息，活着，除了为明天而疲于奔命，他已经对所有缺乏了热情。

是的，热情！没有了热情的村庄，其实就是宿命的象征。没有了热情的村庄也就等于结束了万紫千红的生活；村庄结束了生活也就结束了村庄的历史。

可是谁又知道历史是如何改造走了自己的祖先?!

读书的日子是最好的日子

题 记

时间永远在空间上运行，我们惊讶于世界的永恒，它带给我们无力的安全感，带给我们更深的失落，安定已是一种梦想。

由幕阜山走入平原，沿途风景不俗。回头仰望，奇峰耸立，风光奇险；越过蜿蜒崎岖的谷道，群山环绕景色清幽的山间盆地，坪上书院迎面而来。

正是初夏，书院黑瓦白墙醒目，一派静谧。颠簸之中偶见三三两两行人，他们肩着农具下地劳作，顿时，我产生了归家的感觉。

一座老屋，在回忆里重重叠叠。这个世界没有什么可以永留，它们飘忽不定，因为离开的时候是慌乱的，拥有它的主人甚至奋力去遗忘过。曾经的欢乐不曾遗忘，一代代人走过，总有一瞬间无可预料的风吹来，吹出了它的容颜。

“远移工部死，来伴大夫魂。流落同千古，风骚共一源。”宋朝王得臣对伟大爱国诗人杜甫葬于平江县，与同样长眠汨罗江畔的屈原相伴，有无尽感慨。

据说杜甫所葬之地平江县安定镇，亦是坪上书院所在之地，地处平江县南部，西南与浏阳市社港镇相邻。相传明洪武初有安定郡陈氏族众迁此，建有一座石桥，名安定桥，安定镇因此得名。

一座老屋旧了，经历了长久的期待而郁结下的新鲜渴望，被今人唤醒，让一种安静的美好呈现，犹如遇见故人。从黑暗中涌现出来，从旧时代中跳脱出来，这个时代能够与心灵对话，与肉体交谈，与梦想商量的物件一定是旧的。这个世界给你一切，同时又在剥夺一切，旧是有记忆的，唯有记忆每一次遇见都揪人心肠。

坪上书院，原本只是一栋老屋，2015年被定为“农村文化建设示范点”。如今，这栋有着200多年历史的老屋，已经成了村民闲暇时读书的好去处。

读书的日子是最好的日子，也是自己的日子。

有点像老庄说过的“小国寡民”。对“小国寡民”的解释，近代学者一般喜将老子的“小国寡民”理解为实指，即国家小，人民少。

秦汉时期的河上公则不这么看，其注解说：“圣人虽治大国，犹以为小，示俭约，不为奢泰。民虽众，犹若寡少，不敢劳之也。”这就是说，“小国寡民”不是实指，而是以之为小，以之为寡，实则国大民多。

坪上书院是乡村书院，以民为本，来读书的大都是当地农民，相当于是乡村图书馆和阅览室。我记事起乡村不仅没有图书馆，而且许多村子的学校都合并了，当下乡村能读书的人大都剩余一些孤寡老人，就算是好的村庄，为了生计，农民也都基本不读书了。

现在经常见老年人听收音机，青壮年大都人手一部手机刷社交软件、玩游戏，女人们跳广场舞。农村现在耕地不多了，机械把农民从繁重的体力劳作中解放出来，物质生活的改善和劳动强度的减轻并没有带来相应的文化提升，生活方式一如既往甚至不如从前那么简约疏朗，很多人一闲下来就凑到一起喝酒打牌。

乡村几乎看不到其他的精神资源，乡村书院是当下乡村的迫切需要。

在坪上书院，我看到一双粗糙得能把皮肤割破的双手，手里捧着一本书。他的阅读似乎不受周围干扰。我走过回头看他，他抬起头笑，一张被忧患琢成苦瓜模样的皱脸如此生动。我侧身而过去看那些挂在墙上的油画，不时地回头看他，没有被吵闹声惊扰的他低着头把一本书读进去了。

老屋的书，品种多样。在这里不仅可以学到各种知识，还可以让心灵得到净化。

想到了“安定”二字。阳光每一天都是新的，而更多的人每一天都在离去，能够留下来的肯定是有什么缘由，或者肯定不需要什么缘由。凡是有能力越过时日的风雨，日益鲜明起来的，是否真是需要认真品咂这“安定”二字？

安定镇民国时期为安定乡，新中国成立后为思安乡，1958年为东方红公社，1979年改名为安定公社，1984年改安定镇，1995

年由大桥、长田、安定合并为安定镇。安定镇以低山丘陵为主，温暖湿润，适宜植物生长。

公元769年，杜甫从长沙孤舟入洞庭，因重疾复发，费资用尽，只得溯汨罗江往昌江县投友求医，不幸病逝，葬于安定镇小田村天井湖，其子宗武、孙嗣业留下守墓，杜氏自此繁衍，一脉相传。

安定，作为恒常的生活庇护，天启和神谕有多么重要！

真是人心所向，众望所归啊。

时间永远在空间上运行，我们惊讶于世界的永恒，它带给我们无力的安全感，带给我们更深的失落，安定已是一种梦想。

一方水土养一方人，一方人也会因这方水土形成独特的生活习俗。眼前的坪上书院，青山与绿水之间，古旧的门，雕花的窗，青砖垒出的墙，五颜六色的花朵，大厅左右两侧各开一个天井，晴耕雨读，一种古老的诗意栖居在此。

老建筑让人气定神闲，在异乡人的心中穿越，书香气让灵魂深层喜悦。每个人心里都有一个山阔水长的背景，那里是否就应该是自己走远了的故乡？

在乡村紧张地追求时尚而牺牲传统的当下，我们怎么可以忘记乡下的信义和祖宗？下棋人懂得留眼，画画人懂得留白，坪上书院，是村庄里的气场，也是乡村技艺传习所，它把那些尚有生命力的艺术元素培养起来，给大家一点乐趣。书本让人开阔视野，让农民的日常生活有了一点审美上的依托。

安定镇秉承杜甫遗风，崇文尚武，代有人才出。从这里走出去的，武有开国名将傅秋涛上将，历任炮兵司令员、第五机械工业部部长、原总后勤部副部长的邱创成中将，还有徐德操少将、吕展少将等，文有彭见明、彭东明两位作家兄弟。我们的朋友彭见明，凭《那山那人那狗》享誉文坛，由其改编的同名电影也多次在国内外获奖。

站在坪上书院的脚地上，人的浮躁，人的狂妄，因坪上书院的书香气变得沉静。在这样的沉静里，人又像更年轻时那样拥有了激情、美感和幸福了。

怀念那迎风奔跑的年龄

题记

记忆中的童年，道路牵引着我，遥远处，指向了我可能走出的山外。

一

那是仲夏夜的如水月光下，孩子们在暗影里捉迷藏，一尺厚的虫声从黑暗处钻出来，让人几乎找不到藏身的地方。头上的空间出奇的高远，黑黝黝的大山迷离而又虚幻。有夜鸟飞过的地方，一声饱经沧桑的声音传过来：

“捣蛋鬼们该瞌睡了。”

是我祖母的声音，她喜欢坐在马扎上打瞌睡，她说这句话时，多半明月当空了。

乡村生活的舞台就是院子。劳动是艰苦的，也是快乐的。每一种形式的劳动，都可能带给静夜意外的惊喜。很多时候，大人们心不在焉的笑声里总有对子女们的牵挂，一阵慌乱的脚步声走过，那笑声戛然而止："黑来了，小心磕碰哦。"

童年是一个不知轻重的年龄，跑过柴草垛，谁家娃跌了一跤，"哇哇"的哭喊声能让夜宿鸟扑棱棱越过院墙。

大人抱起娃拍打着他的屁股说：

"再哭，狼来了。"

"狼来了"，我的童年记忆一直停留在这一句吓唬人的口头禅上。老猫以高冷的姿态从院墙上走过。大人们说庄稼地，那些产出的经济作物，在一天的疲劳中等待又一个秋天到来。

院子里的人声、所有故事是我想象最初的展开，也是我所理解这个世界的雏形。乡村，童年，老汉，满脸皱纹的祖母，无往不胜的岁月，故乡人没有因为活不下去时失去活下去的勇气，而活着，对他们，只要走出院子就能望见高山了，和自然界的沉默比，人没有不快乐的理由。

记忆中的童年，道路牵引着我，遥远处，指向了我可能走出的山外。

那时候，我根本不知道自己今后的命运会是什么。没有一个人告诉我，多少年之后，为了生存，我去学戏，懵懵懂懂地走出了大山，由此改变了我的人生走向。

然而，蜗居在城里的我却怎么也舒坦不起来，童年的人和事一直在我的内心深处舒缓地起伏着。

我母亲是小学老师。20世纪的乡村，小学老师调动频繁，夏天或秋天我和母亲坐着毛驴车拉着家当换地儿去另一个村庄教书，我的童年跟随母亲走过了当时我们公社管辖的所有村庄。

毛驴、乡间小道，村庄里的杂货铺、铁匠铺、供销社，所有村庄的村口总有一棵老树枝叶繁茂，在阳光的照射里，浓叶中露出的屋瓦灰墙，最好的屋子用来做教室，没有院墙的学校，隔着窗玻璃就能望见青山。

“世界的本质就在于它有一种味道。”

回忆童年事，已经成为日常。常常是在黄昏降临时，留一方天地间的尘土下，屋外的树暗成墨色了，我似乎也寂寞得迈不动步，我把往事揪扯出来，什么是寂寞？寂寞是经得住煎熬的事。可能是时间，色彩，尘土，草木，琴音，也可能是大而无当小而不定的东西。

寂寞已经成为我的一种背景和氛围，我无法不去亲近。我穿梭在童年的往事中，抬头四顾，童年流溢在望远的目光中早已不归，可为什么我的记忆总是停留在迎风奔跑的年龄？

二

多少年前，曾经有这样一幅画落入我的眼前，驴，老皮松弛的汉子脸，脸上表情负气而决绝，天气、物、光线，都是无法复制的，深埋于心的隐痛，伴随着成败得失。张开眼睛只看见往事和故人，苦了一辈子在世上没有留下任何声名，忍辱含悲。

大多数人，哪里又谈得上成败得失。

我的画作一部分来自舞台，一部分来源这些没有成败得失的人事，我从他们身上知道了什么叫生动。他们是一群守着自然秩序的凡人，对所有有生命的灵物都以兄弟相称。

我记得有一年家乡一条河水断流了，村庄里会唱小调的人就站在河道唱他们自编的说唱：

四月里立上冬，
天气刮了一阵子扫长风。
豆荚刮到了树杈上，
麻雀呜的一声刮到了北京城。
五月里端阳节，
打雷忽闪下了一场雪。
老母猪下了一只雪白羊，
聪明脑袋扯在了狗腿上。
六月里数上九，
十人烤火九不走。
路上碰见了人咬狗，
拿起狗来捣石头，
石头咬了人一口。
七月里来雪花飘，

聋子听见放大炮。

哑巴唱戏唱得是没眼桥，

一条腿蹦它十八丈高。

他们一直唱到十二月，最后一句唱：颠来倒去活一年，稀里糊涂过日月。

黑色幽默将民间的苦难调侃得生动活泼。他们让我懂得所有苦难的经历都是美好的因果，去感受生命里的爱，对我的当下而言，无论写作，无论生活。

冯骥才说过，每个人都有两个自己，一个是外在的、社会性的、变形的；一个是内在的、本质的、真实的自己，就是两个心灵，两个自己要交流，如果隔绝太久，日久天长，最后便剩下了一个在地球上跑来跑去、被社会所异化的自己。

写作和画画的两个我，画画具有着魔的魅力。热爱驱使我，在约定俗成的日常生活中写作，把不受约束的人性挑逗出来，一种不安分的，一种与我自己的品行、风格相呼应的，一种精神上非常集中的难以言喻的东西。在躁动不安中我用颜料安定了自己。

画画让人的灵魂有了一个停顿式的净化，这是很重要的一方面。

感谢岁月，它让我挣脱自足，活得疯癫。

大地是马的长旅

题记

世界上如果有一种动物既懂人性又善用骨力追风，那便是马。

我一直喜欢往事，比如往事中的从前，离绿水青山都很近，更主要的是可以骑一匹瘦马，把自己简单地放在马脊上，风刮着青草的气息，驮着我和比时间更清醒的天空，在人世间，我走我的长旅。

时间对人的侵入，说到底是情感的侵入。我出生在马年，一头神秘走兽。在人间，当夜晚隐身于朝露，我的出生以一双赤足走来，没有异相。

童年时站在半山腰上，看风从谷底扬起，风如涌浪一般拂过坡谷，又冲上山梁。那哪里是风，那是一匹马，张着扩大的鼻翼，它奔驰而过，轻灵得让我啜泣。一匹马走过，在我的往事里永在。

峰谷之间，假如有灵魂生成，嗒嗒的马蹄能够敲醒。

生肖，这人类世界的奇特现象，不仅中国有，费尔巴哈在《费尔巴哈哲学著作选集》下卷指出："人之所以为人，要依靠动物，而人的生命和存在所依靠的东西，对于人来说就是神。"生肖起源于人对动物的崇拜，世界大同。

我的马神，你藏满了我命运密码的天机，我行走，我觉悟，我庆幸我出生在穷人家庭，我虽然不能把一生的悲喜交给泥土，但是，你护佑并告诉我，只有劳作，才能知道季节的冷暖。你山脉一样引领我，顺着大地的谷地，让我从来都没有离开过土地跳动的心脏。

青年时我读李贺的《马诗》，押着汉字的韵脚，精神深处的诗歌。如果让我回到唐朝，我愿意做一件三彩，一匹陶马，不去糟蹋和消耗五谷，如果可能，我要嘶鸣一卷经文给不通佛语的月亮，并用我的脊驮着携雨的云走往干旱的地方。

"此马非凡马，房星本是星。向前敲瘦骨，犹自带铜声。"

（唐　李贺《马诗》之四）。

如此喜欢。哑默的空气被撕裂了，在视觉里留下鳞状的踪迹，让我冥想云的波纹。

马是我的神，同时我也是马命之人。

马从历史中穿越而来。马的形象最早见于甲骨文，一般都状其侧面，发展下去又见青铜器上的狩猎图，马的形象被结合在复杂的图案中。从著名的四耳猎盂可以看到，马，甲骨文先书后契，铜器图文先画后刻，一路而来，马在艺术中滥觞。

唐王朝为了开拓疆土，巩固国防，如此重视骑兵力量。明皇开元初有马二十四万匹，开元三十年增加至三十五万匹，天宝十年据陇右牧使报告，仅这一牧区有马三十二万五千匹，偌大的马都是唐王朝的保卫者。

世界上如果有一种动物既懂人性又善用骨力追风，那便是马。“顾自清高气神稳”，唐王朝辽阔的疆域，被六匹骏马驮着急驰，一个王朝，那些吟诗的唐人，缎子一样的吟咏，最后石化出了雕塑的悲伤。

马到成功，愿马年天下文章多见筋骨！

我这一生一直拽着一匹走马的缰绳，它牵着我顺着大地的骨缝走出村庄，走往远处。然而，可供我耕读的不是远方，我的心跳一直诱我怀乡，我不能遗失我的马坊，还有那马粪和谷草的清香。老马识途，庆幸它从未让我脱离开季节，想起今夜的小米稀粥，想起简单但从没有多余话语的娘亲，如一匹马不能失去丘陵。我的走马盯着村庄白天和夜晚的容颜，告诉我，一座村庄比一座城市更为重要。

脚步是停不住的，我再一次走进马年。

马，马年，马神，马命，马蹄踏着鲜花走过大地，我愿我是马年村庄里一个最浪漫的人。我的走马牵着我就这样行吟土地，就这样孤独成一张剪纸，就这样在大地上走着，我从不怕失去形象的重量。只要在大地上，走到下一个马年，我满头白发，在阳光的切面上，我和我的马神说：兄弟，大地是我们的长旅，搭伴儿走日子，一路都会遇见太阳和星光。

当一个人傍晚出去散步

题记

很细微的一个生活场景。我有些感动，本来忧郁的心情突然开朗起来。

我住地的窗前有一队杨树。春天的时候它们发芽长出像毛毛虫一样的絮子，我看到的是青白。等看到绿色的时候，天气已经很暖了。等到大片的绿色悬挂在树枝上时，就基本进入了夏天。我的感觉是：春天来得有点唐突，在我惯常的意料之中很唐突地就来了。我比较喜欢夏天，杨树张开了眼睛，伸出了小手，向着掠过天空的东风招手，在我仰望之中，茂盛着蓬勃的生命力量，也陶醉着我一颗孤独的心。我望着它笑，然后看白云悠悠。绿的树，白的云，懒散地坐在窗前的我，眨眨眼睛，窗户上落着几只苍蝇。我不说话，在电脑上码字，码累了就停下来看，窗外有景致。

有时候我也会一个人出去散步，通常情况是下午，或者还要晚一些。我住地的四周围有一些很有意思的景致。左边五十米的地方是一座歌城，右边一百米的地方也是一座歌城。我这样说，是要面朝北站着，而朝北偏东的地方有一座火葬场。有朋友来访，我常常要交代一下我住地的特殊性。

往西走是宽敞的马路，有时候散步我要走到那里。傍晚的时候有垃圾倒出来，豆粒般大小的苍蝇，旋转着飞翔在垃圾上面。它们圆鼓着复眼，有着令人讨厌的嗜腥习性。有一天我看到了一件事情，准确地说，是看到了两个人的肢体语言。两个捡垃圾的人，一个是男人，有五十多岁，一个是女人，三十多一点，是长相畸形的那种人。因为是共同捡垃圾，难免就会有看到同一件有利用价值的东西存在的时候，会一起上前去抢。这时候，常常是那个女人不得手。一次两次不得手也就罢了，屡屡不得手，女人就伤心了。女人伤心的时候大同小异，找一个地方坐下来，只做一件事——哭。

女人哭了，很伤心。过路的谁也不会注意她，我注意了。因为，我现在无事，主要是看两边的景致散步。

那个男人有一颗善良之心。他看到女人哭了，他主动张开自己的垃圾袋，取出一个塑料瓶子放到了女人面前，女人还哭。那个男人又取出一个塑料瓶子放在了女人面前，女人还哭。那个男人有点不舍得把手伸进自己的垃圾袋里了，但犹豫了几分钟后他还是伸手从垃圾袋里掏出一个塑料盆放在了女人面前。女人放下揉着眼睛的手，看着地上的三件可以换钱的垃圾，笑了。

那女人也有一颗善良的心。她从地上拿起两个塑料瓶子，站起来，走过去，走近那个男人的垃圾袋，把瓶子放了进去。

很细微的一个生活场景。我有些感动，本来忧郁的心情突然开朗起来。一个人活着，不可能长时间地被一种事物所吸引而陶醉。生活是真实的，不善的，不美的，很容易落在眼前。因为，人的欲望在膨胀。在很多时候，我们会嗅到人与人之间对抗。

而眼前一个弱势的群体，有自己的气场：善。

我始终坚信，每一个生命都有着自己与生俱来的生存能力和适宜生存环境，哪怕是一株毫不起眼的青草、一棵树和一个被丢弃的垃圾。因此，我一直在心里想着这一幕。

一棵树的生长就是树林的生长，一种善的存在就是文明的延伸。

当一个人散步的时候，有时候还真能感受到阳光直接照射的光芒！

风把手艺刮进了天堂

题记

化开的铁水由匠人拍打进夜空，那是堪与秋日丰收的无垠繁华相媲美的一种壮观，一种极为廓大的气象……

谁把打铁声摁在了文明喧嚣深处？

此时的雨覆盖了这个山村的各个部位。那个叫铁匠铺的地方，蛛网上粘着许多小虫子。我能想象出当年铺子里的热闹，所有的人都是顶着雨声到来的。

铁匠铺永远都是一个动词，动在雨声的浸淫之下。

它的持续时间是那么久。

红钢从烈火中钳制到铁砧上，锤起锤落，叮当磅礴，小锤点击，大锤紧跟。铁匠对于铁是一场浩劫般的惊扰。

铁匠铺的热闹为什么总是在雨天里？当然，更多的热闹是在冬天。真正的冬天开始了，北风呜呜吹过，一路卷起干枯的树叶和草根。农人看到活计都拾掇完了，于是收拾好残缺的农具，沿着蜿蜒曲折的路走进铁匠铺。一个长长的冬季，锄头、镢头、铁锹、镰刀，日出或日落的声音，对于敏锐听觉的农人，大锤小锤的声音都是奢望，都是天籁，都是比时间要重要得多的来年的春暖河开。

猎人走进了铁匠铺，他是来漏铁砂的。我曾看到过一只狼的腹部，一杆猎枪冲着它直射过去，视野里没有遮挡，那只狼打了个滚抽搐着，被猎人提回村庄。它的胸腔开满了紫色的小花。那只狼的死亡在我看来是一种神秘的仪式，它活着时曾绕道来到村庄，它学着小孩的哭声，声东击西地叼走了一头母猪。

轧钢淬火，好铁匠的声名是一把镢头能刨几亩地。钢水好能出活。农人说：好地废农具。

铁匠的另一个生活是给马蹄钉蹄铁。冬用的蹄铁要打出三个防滑蹄爪，夏季蹄铁是平薄的。牵马人站在铁匠铺门前，铁匠揽住马腿，削平蹄底的老皮。此时的铁匠和马腿，在我看来应是臻于禅境的，无悲无喜，无怨无怒，对造化万物心存感念，并与万物同一同在。只见那铁匠把一把铁钉含在口中，肩膀顶紧马后胸抱紧弯曲朝上的马腿，将蹄铁合紧马蹄，把钉子穿入蹄铁的孔眼，那一片唾沫湿，随蹄铁直接钉入马蹄深处。铁匠此时有可能抬头看一下远处，廓外斜依的青山，风姿万千的杨柳，时光无时不在，无处不存，目无所视，手有所触，寸寸光阴，都只在盈手之间。那双手，就那么优雅而琐碎地生动着。

铁匠是农耕文明的先驱，也是土地本身的选择。

那是一个打铁的镇子，每年的农历九月十三，一年一度的庙会开始，铁匠们聚集在集市上，搭起炉灶，燃起炭火，拉起风箱，将烧红的铁块放在砧子上，抡起铁锤，甩开臂膀，叮叮当当，各自施展绝艺，吸引四邻八乡的商人前来交易。空气里弥漫着烧红的铁锈味，这气味又随着热风，浸入一切开放的空间。热浪一阵紧似一阵，像潮汐，奔来涌去。镇子上因为交易铁货，所有的木门、木窗户都钉了密密麻麻的铁钉。嘎吱作响的铁门用劲推开时，门头上挂着南瓜大一个铁铃铛，如现代人的门铃。人勤的时候，铁铃铛像一树花，开得肆无忌惮，随风微颤，这家的热闹仿佛要挥霍尽铁匠最后的元气。

铁门上的“铺首”给岁月古拙沧桑之感。门环轻叩，从门楼上倒挂下来的雨滴，一只素手，到底是撩人的，悬如雨，和铁的内部有着脉络牵系。人生故事都是轻叩中寻来。是的，那铺首，过去，无论是帝王将相的皇宫、宅邸，还是平民百姓的小家小院，一般都要有一座院门。两扇街门中央门缝两侧，一人来高的地方，都装有一个类似门把手的物件，可以是门环，也可以是菱形的门坠。而衔着门环或吊着门坠，固定镶扣在大门上的底座，称为铺首，又叫门铺。铺首、门环都是大门上不可或缺的重要部件。

龙生九子不成龙，各有所好。铺首由龙子演变而来。世上本无龙，龙的神话由人创作，编造龙神话的枝枝蔓蔓，于是有了“鲤鱼跳”，有了“生九子”。关于铺首，兽首衔环，作为龙的九子之一，其“形似螺蛳，性好闭，故立于门上”，由商、周人模仿螺蛳，到“形似螺蛳”的椒图，形式未变，变化的只是源出。螺为水族类，归于龙的家族应该说是顺理成章的事。椒图，包含在形式里的内容，即所谓“性好闭”以螺之闭，来强调门之闭。“守御”慎闭塞，闭藏周密，铺首以一种精神，在朱漆的、黑漆的门扇上展示了几千年，它透露着属于中华门文化精髓的东西，由铁匠铺锻打出形。

铺首造型之精美，以庙宇皇宫大门所饰用者为华贵。华贵的铺首呈和圆形，兽首下面，分上下两层，上层形若衔环，饰以飞龙戏珠图案，叫作“仰月千年锦”，只具装饰功能，而无门环功用。这一层之下，有飞龙饰纹衬托“仰月千年锦”铺首在朱漆宫门上，同金色门钉相互映衬，显示出皇家建筑的帝王气派。铺首别名金铺、金兽。汉代司马相如《长门赋》：“挤玉户以撼金铺兮，声噌吰而似钟音。”描写叩响门环的情形，玉户金铺的视觉效果，和金属碰撞的听觉效果皇家流落到民间的东西少，尤其是金子做的，如果不是含了足量的铜，那响声能出得来出不来还是两说。我喜欢民间的铁铺首，轻叩门环的响在夜静的时候是压得住黑暗的。

谁呀？

我呀。听不出来？

声音是话语的影子，走近时隔着门缝就能辨出是谁家来人。

与兽面铺首相类的，是门钹。门钹状似钹，周边通常取圆形、六边形、八角形，中部隆起如球面，上带钮头圈子。变通民宅门上的这种门钹，样式简洁，却不乏装饰美，有的还带着吉祥符号，如外沿圈以如意纹，或镂出蝙蝠的图形。在民间，更多的是铁匠铺里的手艺，也只有铺首可以抬高铁匠的文化素养。

我们的党旗图案有镰刀锤头，这同民间工艺关联，作为一个物件，它完成了符号代表阶级的过程。我还记得收割谷子，有一个谜语说：河南上来个逗打逗（意思两个谷穗弯腰逗趣），脊背朝前肚朝后。谜底是谷子。春天的谷子到秋天黄灿灿的，在北方的泥地上，谷子、玉米、大豆、高粱、麦子，全都要镰刀来收割。我还记得五月端阳我娘领我去一个叫雨井山的高处用镰刀割艾，端阳节家家门前的铺首上插艾，避五毒。艾药香的端阳节，在我精神的午后让我欢愉、心安、美好。若干年前铁匠送我一只他锻打的锤子，锤形像一只豆包，我喜欢它敦厚温良的样子。不知为什么，我一直不喜欢钢钉，手工的铁钉不守规矩，可它们适合挂厨房的用具，时间越久它们越是黑得像夜色下的天空。坐在院子里的阳光下用手中的铁锤砸核桃，像大脑一样的核桃仁引来很多活跃的蜜蜂，它们依附在核桃仁上面，阳光照着它们。我不像一个经历风浪的人，我看着它们笑，在它们面前我如此卑微。

我在夜空下看到过最壮丽的铁花，化开的铁水由匠人拍打进夜空，那是堪与秋日丰收的无垠繁华相媲美的一种壮观，一种极为廓大的气象，看的人和被看的人嘴都咧开很大，铁花承载了某种希冀，映着他们的笑脸，光彩夺目。

我喜欢铁匠，喜欢铁匠铺子里的雨声。大锤小锤的击打声，仿佛天地间万物生出的无数的口子，它们从隐处进入显处，我看到铁匠手中的铁精巧灵活，它们构成了人生凡世，让我看到了人间奇迹。铁匠，铁匠铺子，我一想到它，手心就有了热气。

也许，我把铁匠铺子想得过于富有了，只想用文字的方式去理解他们，但是，毕竟是一个远去了的把文明活在骨子里的年代。如今的村子里再没有铁匠铺子里打铁的声音，没有了铁匠铺子，似乎整个村子里都没有了声音。铁铺首都锈烂了，铁钉子换成了膨胀螺栓，五毛一斤的旧门板买了用来烧木炭。

我们丧失了许多，恰恰可能是有关生命最高秘密的隐喻和福音。我不能知，在衰败中，我唯一不想放弃的是想入非非。

抚州有戏

题记

在抚州的大街小巷总能听到赣剧《牡丹亭》，一阕阕的好词，有我们熟悉的，也有不熟的。

临川才子甲天下，说的就是江西抚州。王安石、曾巩、晏殊、陆九渊、汤显祖是抚州文化最生动的名片。

抚州，自古有“襟领江湖，控带闽粤”之称。这里既是烽火连天纵横捭阖的战场，又有繁荣发达的经济和多彩的文化，其精神特质与华夏文明一脉相承，可谓“尊儒尚贤”与“慷慨朴厚”同在，勇武强悍与自信风雅并存。

抚州，一往情深四百年。

作为一方水土、一个地域，抚州有其独特的文化内涵。正所谓一方水土养一方人，如果说一个地方定然要选择一个名人来代表，那么，我选择才子汤显祖。

四百多年前汤显祖写下《牡丹亭》，四百多年后《牡丹亭》还在上演。有自由精神的戏剧往往具有“唤醒”的品质，从不同侧面完善着人类的心智。

在抚州，我看到了汤显祖的故居，虽然那里只有一座返修的房子，里面有赣戏《牡丹亭》在播放，但我的心情却好像一下子舒畅起来，像是遇到了一位老友。我在心里向他致敬，同时，在想这位爱情至上的戏剧家，是否也像托尔斯泰那样在某一瞬间感到过一种寂寞？他笔下的人物只存在于他经历过的还有他虚构的关系之中，而这所有的人物其实只是一台戏。

爱情的悲剧不仅仅在于它的结局，还在于它的过程。

现实中和文学作品中最动人的爱情都是悲剧：罗密欧与朱丽叶的爱，梁山伯与祝英台的爱，少年维特和绿蒂的爱，小白菜和杨乃武的爱，但丁对贝雅特丽齐的爱……古今中外，但正因为这条因果链有戏说的成分，老百姓才喜欢这人世间撇开世俗且向自由迈进一步的爱情故事。毕竟俗世的爱情结局皆因为爱最终筛掉激情和梦幻，走向了平淡和宁静，总归是不能入戏的。

戏剧反映生活，这不免让人觉得古人比今人情深。这也许是因为古人拘囿礼教，不可妄动情，因不可妄动，就显得越发珍贵，便至深至坚。因而，这种至情，古代闺阁女子为最。《牡丹亭》里死去的是杜丽娘，而非柳梦梅。《钗头凤》里殁去的是唐婉，亦非陆游。敏感多情的汤显祖为至情的女子作传，《牡丹亭》给了爱情回天之力。

戏在中国，让历史有一种动感。

民间的风花雪月都是在舞台上和舞台下的，舞台上的行事带风，一言一行一招一式，都程式化。“生旦净末丑五行八作演世间百态，喜怒哀乐忧一咏三叹唱千古风流”，“台上笑台下笑台上台下笑惹笑，看古人看今人看古看今人看人”。

中国人的记忆是从舞台开始的。

那些过日子的痛苦和沉重总是很漫长。劳作之余，所有的苦难，也许一句唱就能够拨云见日，只要有戏看，想不来的问题便永远不再去想，热爱，被赋予活着的意义。在这个内部缺乏秩序的世界上，依然有勇敢的心毫无顾忌地选择爱，选择哪怕与苦难的人生进行短暂对峙的心动。那么，世界上所有的悲剧都如此，最终都不过是自我的爱抚与抗争，岁月不能伤害的，正是写作者对人间的爱。每个人都应该学会做一个真正的生存者，每个生存者都应该懂“戏”。

书者，皆为少者传，所谓难能可贵。不到抚州，怎知春色如许？

一个“情”字，以“情至”“情真”“情深”的走向延伸。汤显祖说，情，不知从何而起，一往而深。能让人死而生，生而死。非若此，都非至情。

原来荒诞的起死回生，是作者强烈的借喻象征。

在抚州的大街小巷总能听到赣剧《牡丹亭》，一阕阕的好词，有我们熟悉的，也有不熟的。“原来姹紫嫣红开遍，似这般都付与断井颓垣。良辰美景奈何天，赏心乐事谁家院！朝飞暮卷，云霞翠轩；雨丝风片，烟波画船——锦屏人忒看的这韶光贱！”

咿呀舒缓的吟唱，仿佛鸿蒙开辟时的自然音响。

汤显祖与抚州有一种无法言传的奇妙联系，叫人感叹和思量。

人心里有一杆秤，在这杆秤上，好的剧作家的分量自然有所不同。汤显祖就是这样的一个好的剧作家，他为人类舞台提供了独特的作品。他的作品最大的特点就是把俗世的爱融进了独特的幻想和他对爱情的理解。从某种意义上说，他的作品中的人物是时间，而不是人。在占有知识谱系的广泛性上，没有一个剧作家能用四百多年的光阴给人间舞台如此美丽的风景。

杜丽娘追求的是人的自然要求，“天然之情”，也就是情欲，而不仅仅是男欢女爱的美满婚姻。她父母恰恰不允许她有这种“欲”，不准她有人性、人的权利。双方发生冲突，杜丽娘于是要反抗，甚至以生命来抗争。这一冲突，矛头直指封建礼教，直指压制人性的封建意识，所以《牡丹亭》所写的爱情，远远超出了爱情的范围，它充满着追求个人幸福、呼唤个性解放、反对封建制度的浪漫主义理想。

我在秋天离开抚州。秋天的抚州因为有雨，湿润的空气扑鼻。透过桂花树杈的隙间，看那高远幽蓝的天空，千姿百态的白云，瞬息万变，或如骏马奔跑，或如碧海翻浪，或如玉树琼枝，厚重处如层层棉絮，清淡处如缕缕蚕丝。临别时，因为走得急，我没有看到麻姑山。据说麻姑山山势秀丽，万木葱茏，鸟语花香，物产丰富，不仅有奇特壮观的飞瀑“玉练双飞”，还有千古流芳的“鲁公碑”“半山亭”“仙都观”“神功泉”“龙门桥”“丹霞洞”。《名山志》上说“中国有三十六洞天，七十二福地，分布在九州四海，只独有麻姑山既有洞天，又有福地，秀出东南”。

“远色入江湖，烟波古临川。”汤显祖的佳句正是对抚州旖旎风光的真实写照。如果说文化是抚州的灵魂，那么山水就是抚州的气场。绿水青山焕发着生机，孕育着梦想，抚州的生态之美流淌在每一个走近抚州的人的心间。

中国哲学讲究“人与天侔”。这里有两重意思，重是人应该是同环境相和谐，努力同生存的环境保持天然节拍的一致；另一重意思是，人应该和自己的天性保持本真的一致。抚州这块土地有戏可演：“临川四梦”给予人生无形的陶冶总会幻化作有形的功德，化作智慧的力量，从而促进人生的和谐圆满和社会的文明进步。戏剧反映人生，歌颂真善美，鞭挞假恶丑。只要有戏，舞台就不会消失。舞台将人生的千姿百态、千丝万缕、千愁万绪，化实为虚，化静为动，化苦为乐，它让人间为爱一往情深。

在苍茫的历史深处，无论走到什么地方，只要想起“临川四梦”，就会想起汤显祖的抚州。

天下舞台因汤显祖而生动，而情深。

河流带走与带不走的

题记

没有比河流的消失更动人心魄的了。它的消失没有挣扎，没有难过……

蝉鸣柳梢，一条清溪映月，时间似乎抹去了我的现在。我站在山神凹的河边，河里没有了清溪，一河道的羊粪蛋。

我问柳树，你在守望什么？时间把你顽固地留守在这里，你的叶片如竹叶，我一直认为你是北方的竹子，北方的，有秋的情绪，夏的纷乱。蝉在许多年前落在你的树枝上，你可知觉，蝉鸣时夏已经深了。

这条河叫蒲沟河，源头应该是山神凹的后沟。山大沟岔多，一条河大都以村庄的前后命名。山神凹流出去两条河，一条蒲沟河，一条枣林河，两河出山入十里河，一路欢腾流往沁水县的固县河，之后由端氏镇汇入沁河。

我在很多年前和父亲去后山山神凹河用筛子捞过虾，泉水里长大的虾实在是好吃，一铁锅河虾配山韭菜炒好端到院子里，嘴馋的人哪里等得急拿筷子，手伸进盆里，虾就一口落肚了。

一河的泉水，在暧昧的夜色中，河流如同针线一样穿起了我童年的欢乐。

十多年前我的小爷葛起富从山神凹进城来，背了一蛇皮袋子鸡粪，他要我在阳台上种几花盆朝天辣椒。那一袋子鸡粪随小爷进得屋子里来时，臭也挤进来了。我想我还要不要在阳台上养朝天椒?

小爷进门第一句话说：蒲沟河细了，细得河道里长出了狗尿苔。

我吓了一跳。几辈人就指望蒲沟河的水活命，水断了。小爷说，还好，凹里没人住了，我能活几年？就怕断了的河，把人脉断了。

几年后小爷去世。一场雨过后，我看到院子里用了几辈的水缸，聚集了雨水，秋风起时，还能泛起一轮一轮的涟漪，让我的心一下就生出了难过。山神凹后来只剩下一户，我喊他叔。

叔的一只眼睛瞎了。我回乡，坐在他对面的炕上。

叔说：我一辈子没有求过你啥事，我这眼睛，去年秋天收罢粮，眼好好就疼，以为是秋虫蜇了一下，生疼，慢慢就肿了核桃大，生脓，脓把眼睛糊了。娃领我去长治看病，大夫说是眼癌。我怕是命死眼上了。

我说：世上的癌，数眼癌好治，剜了它，有一只眼就够了，你还怕世界装不到你心里？

叔说：你说得好容易，我就是想求你保住我的眼，一只眼看路，挑水都磕磕绊绊，一桶水能洒半路。

那时候山神凹没有水了，满河沟的水说没就没了。

后来有了自来水，也是隔山引过来的。可惜这样的日子没有享受多久，叔就入土为安了。

山神凹一断水就断了人脉。野草疯长着，窑顶子塌了窟窿，年轻的一代都迁走了，村庄就像遗失在身后的羊粪蛋，风景依旧，只是少了流动。

我在冬日稍显和煦的阳光里，一窑一窑走进去，迎面的是灰塌塌的空。石板地，泥墙和老树，让我得以在一个午后穿过时怀想，那时候的窑洞多么年轻。

木头梁椽清晰地发出活动筋骨的声音。多么好的村庄，沉静细碎的阳光洒满了每一眼窑洞，多么不寻常啊，那热闹，那生，那死，那再也拽不回来的从前。时间悄然流逝，倏忽间，窑洞成了村庄的遗容。河流，糟糕的水已不知流向了何方。故去的人和事都远去了，远去在消失的时间中。

我妒忌这时间，把什么都贪走了，贪得山神凹成了荒山野沟。

如果一个人出生在乡村，童年也在乡村，一辈子乡村都会给人以饱满的形象。而乡村任何一个催人落泪的故事，都在时间的流逝中消失了。

河流带走了一切。

只要怀念，我都会感觉山神凹人的眼睛在我的头顶上善意而持续地注视，河流带不走我的童年。

在生命的轮回里，日与夜交替形成力量关系。我走着，很长一段时间我走出了山神凹人的视野，忘记了是山神凹的河流养育得我健壮。我在成长的过程中无知觉地背叛一种美，没有故乡能有我现在吗？没有那一方水土养着，我能把幸福给到我所有的文字吗？

我记得童年时夏天到窑脑上截麦秆，新麦的秸秆好闻，耐得住闻，味也延长。麦收过后一段时间，我在谷子地里等谷穗弯腰，世事和人性都需要弯腰吃苦。

我家的祖坟就在我的身后。

小爷说，我是黄土埋到脖子了，我也快要走了。小爷看着祖坟，挽起的袖管露出很结实的肌肉。天气有一些嫩寒，我看到谷子地里小爷的影子僵硬在那里，他的脸上皱纹成片爬着。皱纹上了脸的人离死亡就近了吗？生命于我更像是一种无法言语的东西，我对生命的所知，便是我仍然对它有所不知。

黄土明摆着在脚下，怎么会埋到脖子了？

秋阳快要落山的傍晚，我坐在河边。河水流动让我内心安定。我走回凹里，走出山外。时间可以改变一切，但是，时间无法改变死亡。

曾经的山神凹，气力和心劲让凹里人欢马叫。曾经我不知道死亡是什么。死亡是一个朝代的结束和另一个朝代的诞生，是祖父的死亡，是孙儿的成长。

我们的生长拖着浓重的阴影，当它一再降临我身边的亲人时，我看到我亲人们的笑容淡淡的，轻得像烟。我站在老窑的门槛上望他们，看他们犹如跌进一潭深水，慢慢地淹没了他们的笑容。

斑驳的墙壁竖立着，积灰的老窗合拢。我迈不动步，深远的回忆在我的脑海里涌现。当河水断流，老窑塌落，我突然觉得生活的意义再次变得恍惚，变得不可确定，因为我的活让我的亲人们远去。

我多么想找回炊烟似的人间烟火气，找回满山的羊群，找回从窑顶滑落至门槛，并照亮一群觅食的鸡的阳光。

还记得穿着枣红格格布衣裳，只回了一下头，我就已经找不到我的亲人。

山神凹成为我生死不移的眷恋和诱惑。生命在日子里发芽。倏忽间，这图景全然变作印象，沉淀于记忆之谷的深处，幻化成流年的碎影。这里所有经历的言说都纷纷展开，人们以往的精神空间被浓缩成薄如纸张的平面，文字跳跃。山神凹人经历的单纯过程横立在我的面前，如同牵挂着一个远方的旅人——我是它早已咧着嘴唇盟过誓的唯一的一个后人。

没有比河流的消失更动人心魄的了。它的消失没有挣扎，没有难过，正如彭斯用诗的语言描述的那样："我从未看到过野生的东西自怨自艾/小鸟冻死了，从树上掉下来/也没有自怜。"

河流在人的眼皮底下，谁也记不得它的消失，只知道长流水变成了季节河，当雨水再一次从天空降落时，河流的季节没有了。

蒲沟河是沁河一条细小的支流，小到似乎没有任何意义，包括地图上都没有标出它。

我在河沟里走，有蒲公英开着黄色的小花，有一丛一丛的鸡冠花，还有苦菜，一条壁虎从我的脚跟前穿过。我还看到一块卵石上，一只蚂蚁举着一只蚊子，风刮过来，蚂蚁不动，风刮过去，它继续爬行。

书上说，植物在它消失的地方必定会重现。会吗？亲爱的文字，你会欺骗我吗？

20世纪考古学家是划着木舟进入罗布泊的。我们都知道古楼兰是一个庞大的村庄。一座村庄的生机，最先是由一条河流营造的，河岸上，最后遗落了一座座坟茔。我有多么孤独和寂寞。每个人只有一个故乡，就像每个人只有一个祖国、只有一个母亲一样。一个人一生要走很远的路，一提到山神凹，我的心都挖抓得难受。

蒲沟河河岸上的窑洞，柔软肥沃的土地上长出的耳朵，它在听见时间的叹息和自己内心的曾经热闹的同时，它还听见了热爱它的人在寂静的土地上对于生命的守护，对于时间的绝世应答，对于永不会撞个满怀的转瞬即逝的繁华的记录。面对时间，我只能学圣者浩叹一声：逝者如斯夫，逝者如斯夫——感通广宇，戳破时空的沉寂，我写下它曾经热闹的一页。

一切都始于我对它的爱。时间迅疾而过。有多少生命骨殖深埋于时间中，亲情、友情、爱情，终于待在了一个安全的地方，那个去处直叫人呼吸到了月的清香、水的沁骨。生命的决绝让我的爱在产生的文字中获得回归。

当童年从我的文字中划过时，我体悟到了温情与哀绝，惆怅和眷念。“但使亲情千里近，须信，无情对面是山河。”我不知这是谁的诗句，却与我内心的感触对接了。时间如中国画那缥缈的境界，明知道一切不可能出现，却还愿意在疲倦的时候沉溺其中。

天地方寸间怀古，秋风年年吹，春草岁岁枯。逝去的以另一种方式活在现实中。

一位作家说过："所有埋葬过自己血亲的地方都是故土。"

我说："只有亲手盖过屋子并养育下后人的地方才能称是故土。"

许多事物已经消失。记忆潜入的时候，山神凹的土路上有胶皮两轮大车的车辙，山梁上有我亲爱的村民穿大裆裤戴草帽荷锄下地的背影，河沟里有蛙鸣，七八个星，两三点雨，如今，蛙鸣永远响在不朽的辞章里了。

年年清明，我回山神凹时，一路上都在想，坟茔下有修成正果瓜瓞连绵的俗世爱情，曾经的早出晚归，曾经的撩猫逗狗，曾经的影子，只有躺下影子才合二为一。所有都化去了，化不去的是粗茶淡饭里曾经的真情实意。

人生的道路越走越远，终于明白了生活中某些东西更重要，首先肯定，它不是物质的。

谁能阻挡美满家庭里有朝一日生离死别的到来呢？谁又能阻挡一条河流走远？既然不能，今世还有什么化不开的心结。

黄草纸　水蛇腰

题记

尘世里没有多少东西总是吸引我，唯有唱戏的人和看戏的人……

文字斑驳地记录着老时光。

来自北方的桑皮麻头纸，再生环保。我还记得童年，植物的纤维每次被平筛托起，即成一张纸。纸，有厚，有薄，有舒散，有凝聚。手工的纸，粗放里蕴含细腻，细腻里潜藏豁达，和风丽日中晾干，融入阳光的色调，乡人叫：黄草纸。

冬天的黄草纸糊在窗户上，整个村庄都很怀旧，镰刀似的月亮挑在树梢，让人猜不透。窗外雪地上一长串狐狸脚窝，它的脚印盛满了各种故事，与生活有关，与风霜有关，与情感有关。糊窗纸没有捅破之前，我听到一个女人喊：

“雪啊，凉啊，屁股蛋子挂了霜啊。”

空空荡荡的，站在千年文化的凝结点上，需要和黄草纸一样悠远沉静的心境，才好去抚慰岁月。

从前的黄草纸糊在窗户上，透过阳光能够照见那些浮动的桑皮经络，亲切得让你觉得如体内的血液流动。我似乎又想起了从前，从前的心爱之物。阳光裹起密集的尘土，慢慢涌动着，我的亲人们穿梭在中间，有一点儿生存的荒凉味道。风吹动他们的衣襟，而笼罩在这一切之上的是一股扩散开来的牲畜味。那一瞬间被惶惑了，最好的命运被篡改了，是什么样的魔术手破坏了原有的秩序？

奇怪的是，时隔多年，我站在乡村的山脊上，村庄里的一些人和事，或是由各种关系将我的从前联系在一起的理由，或许不曾有过任何生活的记忆，或许因为不曾记得的矛盾，甚至一场单纯的口角……那么多年过去了，我还记得他们在黄草纸粘满窗格的天光下妖娆的身姿。

这些记忆是扎了根的，在心里，有时候正做什么事情，也不知为什么，就感觉那种从前就非常熟悉地来了。

绽开来，仿佛颓败的美好越来越大地澒洞开去。我把他们框在脑子里，很久之后，就想把他们一一画出来，可惜我没有那么多的天赋。我想，就随性而画吧。

想象一种情景时，脑海中出现的画面不是出自自己的视角，而是像灵魂出窍一般，因为真切地感受过他们的喜怒哀乐。动笔之前，他们只是视觉上一种强烈的刺激带来的心尖上的一阵颤抖；墨落下时，黄昏跟随寂寞爬满了我的小屋。

一件事情开始之后，我总是怀揣着一个很大的抱负，看着纸上的他们，突然明白，抱负只是暂时被替换了，我还是一个写作者。天边光线的层次穿过云层，诚实地映射到我的脸上，我是我，我的画只是内心的一份不舍。不管怎么说，只要是写作，只要是画画，都可以洗涤我脑海中的一些烦恼。

想起童年，乡下的岁月弥漫着戏曲故事，炕围子上画着的“三娘教子”“苏武牧羊”“水漫金山”，寺庙墙壁上的“草船借箭”“游龙戏凤”“钟馗嫁妹”，八步床脸上更是挂着一座舞台，人人都是描了金的彩面妆，秀气的眉与眼，水蛇腰，风摆柳，或者水袖，或者髯口，骨骼间飘逸着秋水浓艳般的气息。

伴随着日子成长，后来又学了戏剧，可惜没有当过舞台上的主角。

庆幸的是，更多的日子里是站在台子下看戏。风云变幻的历史，折射的却是社会的风情变迁，人生前无论怎样显赫、辉煌，尘埃落定后都将成为过眼云烟。

“饿肚皮包容古今，生傲骨支撑天地。”

正值好年华，那时候，有村就有庙，有庙就有台子，有台子就有戏唱，有戏就唱才子佳人。舞台上人生命运错落纷纭，连小脚老太都坐着小椅子，拿着茶壶，在场地上激动呢。我看台子上，也看台子下，台子下就像捅了一扁担的马蜂窝，戏没有开场时，人与人相见真是要出尽了风头。

台子上，一把杨柳腰，烘托着纤纤身段，款款而行，每一位出场的演员，一代一代，永远倾诉不完人间的一腔幽怨。

人这一辈子真是做不了几件事，一件事都做不到头。哪里有头呀！我实在不想轻易忘记从前，它们看似不存在了，等回忆起来的时候却像拉开了的舞台幕布，进入一段历史，民间演绎的历史，让我长时间徜徉在里面。

尘世间形形色色的诱惑真多，好在尘世里没有多少东西总是吸引我，唯有唱戏的人和看戏的人，沉入其间我没有感觉缺失了什么，比如人生缺失了什么都是缘分，都得感恩！

乡下，浮游的尘土罩着山里的生灵。春天，河开的日子里，觉得春风并不都是诗情画意，亦有风势渐紧的日子，活着的和曾经活着的，横晃着影子走进我的文字。岁月滴滴答答的水声，消歇了一代又一代人，那些走老了的倦怠的脚步，推着山水蠕蠕而动。那些风口前的树，那些树下聊家常的人，说过去就过去了。人要知道节气，是不是？

记忆如果会流泪，该是怎样的绵长！

亲人们让我懂得什么是善良、仁慈和坚忍。我庆幸我出生在贫民家里，繁华的一切成为旧日过眼的云烟之后，身后无数的山河岁月，心目所及，我的乡民，只要还想得起他们明澈的眼睛，不久就会是丰收的秋天了。

对于乡下人，收获的秋天就是一场戏剧“秋报”的开始。台上台下，台上是疯子，台下是傻子，生动的脸，无疑让我有了绘画感觉的获得。

岁月如发黄的黑白片色调，想画时，感觉并不沉重，它是清清淡淡、丝丝缕缕地由心底生起，像一声轻轻的叹息，单色调更像是彩色作品的底子，或者说是逝去日子的旁白。那些清新的人间柴烟味道的生活，让我再一次回到尚不算遥远的青春时代，回到那些已经在无数次的记忆中经过过滤留存下来的明月当空的日子，那些日子里有我们共同的卑微。是的，一种挥之不去的惆怅，我总得抓住光阴做点什么，以便对自己的生命做一个交代。

一生一世，时间的距离使追忆成为对现实感受的提炼，只想深切地关注他们，他们都是我曾经认识的熟人熟事，入文入画都不如入心来得疼痛。我在画案前，我在书桌前，我们一起坐着，天就黑了。

岁月是如此曼妙而朴素。世上万物都有因果，在村庄里感受生命里的爱，我便懂得了一个人的灵魂因饥饿而终于变得坚强，因富足而衰弱得像煮熟了的毛豆，听不到爆壳声，嗅不到生豆的味道。

无论现在和从前，鸡狗畜生，都知道走至河边会感觉村庄格外的平整敞亮。那些庄稼人的屋子总是朝着太阳，男人和女人担了生活的苦重时，天空落下的碎金子般的阳光，这就是界限了。他们懂得，那些节外生枝的人生也许是另一番天地，但是，只有回到朝南开的屋门前才有勇气喜怒哀乐。

写作和画画都是怀恋从前，都是玩儿的生活。人生是一条没有目的的长途旅行，一个人停留在一件事上，事与人成了彼此的目的，互相以依恋的方式存在着，既神妙莫测，又难以抗拒，其使命就是介入你，改变你，重塑你，将不可理解的事情变成天经地义，如此就有了自己的成长历程。

成长，其实也是寻找自我、不断靠近或远离自己的过程。

现在，我手上握着一支羊毫，尽管我只是一个初学者，很难操控我对好的绘画偷窥，很害怕自己喜欢上了别人的东西，很怕被人影响，但是，不影响又能怎样？喜欢的同时又觉得，别人那么画挺好，我喜欢，但是，不是我心里的东西。我想画什么，技艺难以操控我的心力，或者说心力难以操控我的技艺。唯一想到的我经历过的生活，我感到我自己就不那么贫乏了，甚至可以说难过。有些时候难过是一种幸福。

因为，我活不回从前了，可从前还活在我的心里。

文人学画，其实是走一条捷径。即便是诚心画，许多难度大的地方永远过不了关，简单的地方又容易流于油滑，所以画来画去，依旧是文学的声名，始终不能臻于画中妙境。

我始终不敢丢掉我的写作，画为余事。

想起张守仁老写汪曾祺，题目叫“最后一位文人作家汪曾祺”，说，汪曾祺的文好、字好、诗好，兼擅丹青，被人称为当代最后一位文人作家，这是因为天资聪颖的他从小就受了书香门第的熏陶。汪曾祺之后，谁还能称最后一位文人作家？我自称文人画，有些时候我会脸红。其实，我只是觉得从前还有那么多的牵挂，在精力的游移不定中，文学和画，都是我埋设在廉价快乐下面的陷阱。我为之寻找到了一种貌合神离的辩解，随着日子往前走，有如河床里的淤泥层层加厚。我厚着脸皮选择了我的生活，而你们给了我一个最高的褒奖“文人画”。我只能说落入任何陷阱都是心甘情愿的。

我相信任何一门艺术都是有灵之物，它会报答那些懂它的人，它在夜与昼交替之间，控制了未知，并一次次浇灭体内因欲望而生的焦火。人到中年，再一次靠近自己的兴趣，我才发现，写作和画画于劳力的人，确实有着实在的功效，天气，物，光线，都是无法复制的，尤其是入画时那一刻的静，风的节奏，就连性格也比平常内敛。一辈子的好时光都留在了从前，那些我认识的人，还有他们的恩情，我怎么好一个人执意往前走呢？在我从来就没有真正寂寞过的世界里，夜与昼之余，一种很幽深的精神勾连，让我犹如见到菜籽花般的喜悦。信不？世界上最美好的事情就是这样，相互依存。

春天了，风吹着宣纸，飞花凌空掠过，一层景色，一番诗情画意。浪漫而不无虚荣的记忆，与生活有关，与风霜有关，与情感有关。站在千年文化的凝结点上，需要有和宣纸一样悠远沉静的内敛，我才好去抚慰岁月。

黄河流过碛口

题记

汤汤水声，可以看见黄河岩画。正是脚下翻滚着泥汤的这条巨大的生命涌流，回旋出的呐喊形成了一种抽象，一种光芒……

那一年，站在黄河岸边的碛口古镇，低下头时，牛粪上的脚印蒙了一层粉白的细尘。正是初春，桃花开了，枣树泛青，牛摇着铃铛走过。放牛的汉子，头上有一层白霜尚未融化，紫蓝色的夹袄给人一种沧桑。

黄河流过碛口古镇，我知道春天是怎么开始的，黄河水凝聚了天空的光与色，在释放与渲染中，使初春呈现得多么蔚为壮观。

站在黄河岸边，黄色的黄河水。假如黄河是中华民族的脐带，那么碛口就是黄河的童谣，就是水陆长梦的驿站。

碛口，在明清时期至民国年间因黄河水运成为北方商贸重镇，西接陕、甘、宁、内蒙古；东连山西太原、京、津，为东西经济、文化枢纽，民间有“九曲黄河第一镇”之说。

碛口是水路人的托梦之处。这是一个可以让你平静思维、流畅呼吸的地方，脚下的黄河水告诉了你沧桑历史和千秋未来。历史上那些风尘千万里的远望，碛口有他们斩不断的俗缘和割裂不了的红尘。

汤汤水声，可以看见黄河岩画。正是脚下翻滚着泥汤的这条巨大的生命涌流，回旋出的呐喊形成了一种抽象，一种光芒，在天地之间的霞光蔚然里，让我们看见了生命的自然和必然。拍案叫绝的水蚀浮雕，人们形象地称之为“黄河画廊”。有专家考证说，黄河水蚀浮雕地质遗迹形成于三叠纪，也即中生代，是由地下水溶蚀与河流冲蚀作用复合于三叠系厚层砂岩而形成的天然崖壁浮雕。当然浮雕的形成还有风蚀与日照的重要作用。

碛口一带的厚层砂岩内含有大量的正长石和石英石，在水溶蚀、河流冲蚀、风蚀和日照条件下，正长石逐渐分化分解，包含在正长石之间的石英石失去了周围的支撑，也从厚层砂岩中脱落下来，因此在砂岩中就形成了石沟、石龛、石窟、石书等形状的天然画作。

当我们把这些美好归于生命的自然、必然时，蓦然想到了道论：生命本无常，从无中来，到无中去。人，只是时间的一个点，疼痛自灵魂而生。

杂生的细柳、蒲苇和杂草或枯或荣地相互覆盖。黄河，有一股渺远的寒意。麻雀在树丛间乱掀，夕阳悠悠垂地，晚霞映得天边一片火烧。夕阳中的黄河水也渐次模糊，而另一种精神之途的苍茫也流溢在每个人的目光中。

由水路回到碛口登岸，劲峭的风夹着黄尘裹着雨落下来。碛口人焦黄的面色，烙着常年劳作的印记，在那一刻看见我们时，枯干的眼窝润着焦虑的光泽，深纹镌刻的眼角流出了心底的良善，这是黄河水托付给上苍的情态再现。

知道了“碛”，是指地形上河石成滩之处，在此则因湫水河在每年雨季时都会夹带大量沙石冲入黄河，强大的洪流将原本500米宽的黄河河道冲击得仅剩百米左右。河石加上激流，逼得从内蒙古黄河上游过来的船只，必须在此弃舟改走陆路，日子一久，逐渐形成一个南北货运的重要集散中心和商贾交易的休憩地。

对生命与对事物的理解，我始终坚持人类需要面对一条大河。只有了解了人类停歇下的环境，才能真正认识人类本身。黄河，在整个流域伸张根根系系，它在流过北方广阔的疆土时，也贯通了汉民族生长的血脉和思想的品质。

碛口，在河岸上沿山势扭曲延伸，向上可连接到镇中心和卧虎山最高点的黑龙庙，向下则顺着河道北拐，接到以前的码头。几条坡度更大的青石巷弄顺着山坡与主街垂直相交，下通河道上达山壁。巷弄两旁是石垒的高墙，从墙下的洞门拐出去，不是接到了一条小巷，就是走进了另一户人家。

此时，黄河水和四野的鸟鸣声融入巨大的静虚之中，黑夜将临。河道上的唢呐声，悠长，拙朴，它的生命返回初衷，它在河道里环绕，它向大地弥散。

再来碛口古镇，已是2019年5月，黄河水依旧。一只黑鸟把远方推向更远。走在碛口古镇的街道上，河道里的风音乐一样拍打着行人的肩膀，几条巷子再次把我送往高处。黄河水长流，顶着扑打脸的尘土，看那些黄河水的皱纹吹到碛口人的脸上。在此，我认识了一个守着黄河生活的手艺人张旭峰。

他的“黄土人工作坊”就开在明柱厦檐的高圪台上，后院是窑洞，窑楼上的窗户前就是黄河。曾经的建筑可能是麻油行、粮商、酒行和拖载货物的骆驼店等，有大空间需求的院落，家底看上去十分深厚。

碛口是张旭峰的故乡。他是一个浪迹归来的人，怀着积郁和挂念，向黄河水流过的出生地投奔。他还记得老师说过的一句话：“黄河水把劳作与汗水粘连在躯干上，把恩情和道义衍生为村庄。”

他和所有的年轻人一样抛弃了故乡，抛弃了故乡的寂寞和惶惑。当繁忙的道路上突然清静下来时，他的追寻和逃离成为一种隐痛，黄河岸上的狗吠和鸡鸣，金色的黄河水与壮阔的秋风，才是他的栖息地。

有多少人离开故乡在城市奔走？最好的姿态是丢损一些感情的记忆，失去一些善良，坚固一些谎言，秉承一些麻木不仁。常常在回望故乡时思索生命，其最终是或只能是什么？

家园，来自林立高楼下的另类手艺人的思索，人，并不是不能转承别样的文化，而是转变过程中很难承受其孤独、沉重、疼痛。只要听见有人说黄河，情感就会猛烈地滚过大地，猛烈地滚过他内心的战栗，而黄河岸上的碛口，正是他难以言说的寓言。

回到碛口的张旭峰创立了一个手工坊，做一些木梳、石雕等手工艺品维持生计。他租下的这处老宅，布满灰尘，收拾它是一个“从无到有”的过程。他悉心雕刻，感受木和石的魅力，感受它们独特的面孔，感受工具与材料相互抵抗、妥协的过程。

他的八哥鸟在窑楼上飞着，它们是自由的；他的鹅在碛口古镇的街道上散步，它们是自由的；蹲在墙根下晒太阳的碛口乡亲，他们是自由的。从童年开始就构筑了他内心荒凉淡漠的气质，在这里诞生，也必将在这里终老。从早上看见黄河水涌流时，人的心便澄明如镜。时间的积累混着自己的体温，让这古老的技艺更加弥足珍贵，这些大概就是张旭峰重返故乡生活的意义吧！

黄河边的碛口古镇，每年都有很多知名画家和美院学生慕名前来写生。手工坊生意不忙时，他就会去看他们画画，他将生活、自然、灵魂放在同一节奏中，绘作时多半取材于天然，用诗性的思维使黄土高原粗犷而质朴的气质跃然纸上。

他说："我的作品需要与黄土高原的文化一起感受才完整。这是孕育我所有艺术细胞的根源，如果割裂了与这种文化精神的联结，便无从体会作品中的原汁原味。"

人哪，就是这样，最不能有贰的是心。

在他的炕头上我坐到明月当空，聆听另外一个叫曹对龙的年轻人讲他的祖母。他的祖母八十岁时跳入黄河。黄河呵护人，凡是落水人的衣物全都在身体上裹着，如生前一样。其他河流都会剥光落水人的衣物，但黄河不。祖母跳入黄河是因为小时候他落了水。实在是黄河发大水，有一个旋涡旋过来，他觉得好玩跳了进去，他的祖母认为是黄河河神来收人了，她认为她若不死那她的子孙就要遭殃。绝望的爱的执着让她心中沉睡的东西醒来。当她从碛口古镇走往黄河岸边时，她感受到了生的卑微和死的庄严，而只有死亡才可以接近生生不息。

夜晚的碛口变得幽深、浑厚、醇和、沧桑，黄河水含着朦胧的星光，如时光的投影。夜把远方推向更远，明月把一切罩在其中。

碛口古镇，我如此喜欢它，如同喜欢我的故乡。如此，我想到了：故乡的明月也可以照亮我的前程。

劳动者的风景和消息

题记

养父看着笑容满面的儿子，儿子平生第一次没有抵触情绪的邀请，让养父流下了眼泪。

对于写作，我特别喜欢马尔克斯的一句话："为命运所决定，作家必须尽少地求助于想象。"我被民间真实生活所裹挟，生活在底层的人，生存道路艰难，艰难而动荡的前途未卜，正是可以让人性所做的沉潜呈现绝望和反击。现实生活中的故事每时每刻的发生，为写作者提供了永不干涸的创作源泉。也可以说，民间是寻找故事的一个富矿，只有走进他们的生活，才能洞见他们的人生轨迹。

2019年8月我去榆林神东矿了解井下大学生矿工，恰巧遇见了一个叫呼绿雄的劳模矿工。有意思的是他不是大学生，却一定要说自己是“内蒙古大学”毕业。他很自信地说：“我学习好，假如让我读完高中，一定能够考上内蒙古大学。”

但是，20年前对于一个梦想上大学的乡村孩子来说，首先需要的是经济支持。呼绿雄一天只吃一顿饭，饥饿淹没了他心底的光荣和梦想、痛苦和欢乐、长歌和短叹。

呼绿雄的故乡在内蒙古伊金霍洛旗，地处呼和浩特、包头、鄂尔多斯“金三角”腹地，属于亚洲中部干旱草原向荒漠草原过渡的半干旱、干旱地带。水蚀沟壑和坡梁起伏的故乡，风沙肆虐。

他说：蓝、绿、白三色勾勒了家乡，虽然只有三种颜色，却并不低调。如果你碰巧遇到了牧羊人，那他一定会请你去自家的土房子坐坐。一个黄土搭起的房子，加上一些稻草，这就是一个家。一个火炉，一个桌子，一个土炕，这就是摆设。

成长中的家，只有两个人，父亲和呼绿雄。屋子里没有女人，父亲不是亲生父亲，是他的大伯，内蒙古人喊“父老老”。大伯一辈子没有娶妻，兄弟把第一个孩子过继给了自己的亲哥哥。养父有手艺，是个聪明人，又会木工活计。按说怀揣手艺的人吃遍天下，可他的养父对自己的手艺并不看重，更多的时候是借手艺找一个可以喝酒吃肉的地方。

上高中时家里已经有3000元外债了，为了还债呼绿雄休学去煤矿下井。

煤矿井下作业是一件十分艰苦的工作。因为没有大学学历，呼绿雄只能做“劳务工”。如果你没有下过矿井便不知道井下事。黑笼罩了一切，黑煤的墙没有黑影，黑甚至可以淹没人们的羞涩，可以让你剥下身体上所有累赘，还原自我。

2002年，呼绿雄入榆林榆家梁煤矿下井，开始并不是在一线，只是井下打杂，一天的工资是17.4元，正式工一个月是6000元。正式工有班中餐，他没有，他是劳务工中的最下层工种。这一年，他的父亲酒后驾驶三轮车翻到沟里，并摔伤了自己。

生活的压力让他再一次选择坚强。他离开榆家梁煤矿去往补连塔煤矿，他在此赶上了第一批劳务工转正考试，一共970人参加考试，只有25个正式工名额。他考了第一名。2006年2月，呼绿雄拿到了转正工资6000元，此时他已经是副班长。工资变成6000

元，不只是数量的变化，其实在2005年矿区已经取消了两极化的工资待遇，正式工是一张贴了金箔的名片，是一种荣耀如同高中考上大学。

拿到工资的第一时间，他请班里的人吃了一次饭，让所有人点贵菜，贵菜是荤菜。他想到了养父。怀揣着正式工人的第一个月工资，他站在自家的土屋门口，面带笑容，很真诚地和年老的养父说："爸爸，我请你吃饭，我们喝酒吃肉。"

养父看着笑容满面的儿子，儿子平生第一次没有抵触情绪的邀请，让养父流下了眼泪。

养父喝酒也少了，吃肉更少，似乎半天都不动筷子，酒和肉在眼前摆放着，也就是一个气氛。一连串的检查结果证明，养父得了重病——肝癌。

一辈子喜欢酒肉的人，长一句短一句的吆喝变成了长吁短叹。人生经不起富裕生活的开始，假如一定要拿一个人的生命来换取他现在的一切，他宁愿回到从前。但是，人生永不会这么换算。养父临去世前交代说：土房子虽然显得寒酸，但有成长的记忆在里面存放着，让土房子多在几年。

呼绿雄害怕土屋塌落，想到用一种什么方式阻挡四季对它的伤害，最后想到了用塑料布把土屋包裹住，大大的一个包裹，把水分锁在塑料布里面，也许土屋会活得长久一些吧。有两年时间，伊金霍洛旗纳林希里镇其根沟二社，被包裹着的土房子成为大地上一种风景。

几年后土屋还是塌了，此时的呼绿雄凭借自己的努力已经成为神东矿井下一线采煤队队长。他靠着努力一步一个脚印走过来，获得了公司给予他的许多荣誉，神东矿培养了他，呵护了他，让他实现了自己的梦想。但是，每次回乡，面对土屋，他一直有一种刀绞的感觉。尤其独自一人痴望它时，他似乎悟出了一个道理：世界上有很多东西远比一大箱黄金珍贵，钱也许能买来奢华，但是绝对买不来亲情，买不来苦难。呼绿雄开始在土屋的基础上修建新房，他要修建一座伊金霍洛旗纳林希里镇其根沟二社最好的房子。房子修建好后，呼绿雄把土屋曾经有过的东西都放了进去。故乡的人们笑话他，这么好的房子，就为了存放这些没用的旧东西。

只有呼绿雄知道，怀念自己的成长，不是钱能够称量的，没有钱花，可以通过劳动赚得，但人活着不能没有回忆，回忆中更不能没有亲人。神东矿给了他知足，这份知足让他懂得了人活着应该要知恩图报，是成长使他变得更加令人尊重。世间许许多多的事、物、人，无不如此，每一个环节中，正是因为残缺，才使生活变得努力，也变得更美。

艰苦环境下工作的煤矿工人，形成了其特殊的群体品格。这种品格一旦形成，就成了工友们共有的行为规则和行为方式，它甚至影响一个企业的生产力；这种品格会逐渐外化成一个企业的品格，它也影响着一个团队的凝聚力；这种群体品格又直接对应着这个行业的心态，并影响整个行业的走向。

这次采访，我对煤矿工人有了进一步了解。文学是语言艺术，作品以故事取胜，打动人心的故事一定来源于生活。在这个重要的年代里，伟大的文学不可能脱离生活，不可能失去同社会的联系和对人类命运的关怀，真正的作家是富于文化理想和道德责任的。面对生活的真诚和勇气，写作者内心有光才能看见喜爱光明的劳动者。

驴是兄弟

题记

庄稼人知道，生命耗尽本能才会存活。

不知从什么时候开始，故乡的驴对于我来说，就已演变成我童年的兄弟姐妹，一些难以忘怀的季节的冷暖景致，一些远离文明的诗意的原始，而不再是一般的劳动工具的浅表印象。真是这样，庄稼人知道，人与牲畜的缠绊比提起的话题更牢更长更雨露阳光时，人才会接近人模样。乡间的土窑，小石门洞的暖炕和窑院深处的驴，没有人能够明白，人与驴同住一窑的风景。祖父说，驴是兄弟，它不会背人的视线而走向不归，蹄脚老了就凭借风力。印象中的风景，都被驴走尽了，遥远而又凝固，仿佛暖阳下的苍山，只在自己的故园，只在窑洞。

用什么来抵御岁月的风霜？牲畜成为庄稼人一种安详的归依。童年时随祖父骑驴出山放羊。寂静的午后，胯下的驴踏起阳光下的尘土，羊群在温暖睡意中被镀上了薄金，空气中山林的气味浓得像是液态。松树的针叶从脸上抚过，会看见腐殖的泥土透出的松菇，朗晴的，满目皆是圆润的黄。这时的羊群如果无知或故意分群，山下的驴会仰起后腿，颐指气使。蹄声归处，分群的羊会在这“嗒嗒”声中安然复群，这是动物间一种奇怪的默契。祖父回头笑骂，然后勒细嗓子唱道：“皇天后土人儿黄尘小，苍山绿水牲儿浮萍大……”那声音荡起天地一片瑞祥。

庄稼人知道，生命耗尽本能才会存活。存活的幸福和好天气一样，有，但不会很多。天地之间，风霜雨雪，人类彼此生存及农业耕种的开始，就意味着一切的到来，人养了牲畜作为农耕劳力，是人类出于对自己生命的功利主义，也是出于那些生命的善良和顺服。牛羊追水草，人子逐牛羊，迤逦一途。生命等同于四季，是牲畜使人类浪游的脚步停下来，并根植出了乐土息壤。记得冬日里和祖父一起出山驮煤。天近黄昏，雪片飞扬。雪天里，直程的背阴路因寒风吹滞，滑溜狭窄，驴鞍头挂辔，笼嘴系缰，一走一打滑，一人牵，一人打，生命延续彼此交困。驴处险境，将后蹄牢牢把住雪地，前蹄实质上已经滑弋因而形同虚设。祖父身体抽抖，注力于双腿，贴附于路边山坎，只用眼睛看驴。祖父说："水女，快脱去我的鞋袜。"天寒地冻，祖父赤脚着地，趾肚脚掌似乎有牙，冒出丝丝白气。祖父屏气不敢大声呼吸，使出驴劲，生凉的地气能把人的骨缝扎透。那真个是一幅人类艰辛的生存之图，先是蕴含着无尽的力，之后就是心头的一线明悟——是人类存活的永远经典。

踩过的雪地留下一汪浅水。生命的庞大与卑微，是怎样一种方式存在的呢？走上山顶，看见村庄的窑洞，满世界苍凉的白。雪中炭，人与驴如水墨画上甩出的斑点墨迹。祖母在窑顶上眺望山头，晃着一根桃木棍子，我在雪天的驴背上疯喊着祖母，那声音显得那么渺小和孤独，且透射着俗世的暖意。

祖父说，老驴工于识途、警路、避险。在已绝其通的路上，人若强行，驴也会气恼人的愚昧，狠歪驴脖子，两腿夹尾，回避崖塌泥陷。驴作乘骑不忌生，一根桑条握手，通过骑乘重量的分流变化，即会右行或左转。

庄稼人给予牲畜的爱，也许可以用无私的母亲来比喻，但我认为它远远超出了母亲的狭义。大自然所具有的那种永恒、自在、单纯、朴素的性质培植出庄稼人的性格。山高水长，由于自然的素朴，庄稼人的爱，就如山中日月，明澈而高洁。有一天，心情抑郁，从书架上抽出一本《后汉书》，看到汉朝时，才知驴曾是贵族宠物，人人皆学驴叫，驴叫声成为一天里最好的将息。书中写魏帝别出心裁，给臣下王仲宣送葬时，令官员一人各作一声驴叫，送王西行。山野旷地驴叫声此起彼伏，实为空前壮观。驴生活在那样一种历史背景下，是多么的旷达和动人。风霜雨雪在时间中潜隐地流过，驴走到现在“上下山谷”已成为“野人所用耳”。人类的苦难早已浸涉了爱的双臂，驴的体力已被岁月咬噬得骨瘦嶙峋。假如以最早出现生命的形式来想，人与驴也没有什么不同，都是自然选择进化出来的东西。每每想到故乡的驴，就会想到驴的眼睛，直戳戳的，一切悲怆意味全在温柔里。岸边风景，怡悦心性，或引颈长鸣，人与兽，兽与人，是否有悖于生命最初的事实？

驴在远离人类社会的田野里耕作，随缘放达。有农人在地垄上用火镰敲出一缕烟尘，春山鸟鸣，我在追忆极苦极甜的缠络中，想神爽出动的乡村，想生活羁绊中稚愚孤独的驴，内心就会滋生出一尾生生的痛，上帝有意设置了这样一种未来，我们只能告别和放弃所有意义上诗意的原始了。

吕梁山里的新生活

题记

没有人比农民更知道用勤劳表达感恩了。

一

“人说山西好风光，地肥水美五谷香，左手一指太行山，右手一指是吕梁……”这是一首好唱又能感怀乡情的歌，诞生于20世纪的一部电影《我们村里的年轻人》，不少山西人皆会哼唱。

歌曲中提到的吕梁山是中国山西省西部山脉，也是北方黄土高原上的一条重要山脉。它是黄河中游干流与支流汾河的分水岭，整个地势呈穹隆状，中间一线凸起，两侧逐渐降低。这条连绵不断的崇山峻岭，宛如一条脊梁。

地处吕梁山的临县，是山西省的人口大县。黄土高原上沟沟壑壑，人们隔着山梁喊话，放羊，种地，跨过山，爬过坎，娶回媳妇生娃，这就是他们祖祖辈辈在黄土地上的生活。

我在临县城庄镇见到了刘公平，四十八岁，家里排行老六，父母亲是农民。因为刘家孩子多，刘公平念完小学四年级就外出打工了，啥都干，啥赚钱干啥，拼的都是力气。临县山里单身汉多，刘公平想娶媳妇，想娶媳妇就得努力赚钱。他下煤窑干了三年，一个月七百元——那可是三十多年前。这笔钱顶了大用，娶媳妇花了七千元，还打了两眼窑洞。

接下来日子怎么过？力气下到田里，却很难养活一家人。于是刘公平跟着人去太原搞装潢，学了手艺再单干，一干就是八年。刘公平觉得家里虽然温饱不成问题，但是供孩子读书还是捉襟见肘。钱很重要，读书更重要，还得另想办法。

刘公平选择了养猪。一开始买了五十多头猪，盖猪场和买猪仔花了五万元。半年后卖了成猪，倒赔了四万元，这还不算饲料人工。刘公平是个犟人，接着又买了八十多头，这回猪仔便宜了，养成之后又正好赶上猪价上涨，把之前赔的钱又赚了回来。养猪十年，市场起伏揪扯得他难过，心里烦了，但一时又不知道自己还能做什么。

就在刘公平还在关心生猪市场时，秋水河畔的庙坪村选出了一位村支部书记。这位叫乔伟顺的共产党员后来影响了庙坪村，也影响了刘公平。

二

2011年冬天，庙坪村两委进行新一轮换届，村里三十五名党员把改变庙坪村面貌的希望寄托在吕梁市交通局年仅三十九岁的乔伟顺身上。

村里来人“请”乔伟顺回乡，说的一句话把乔伟顺震惊了：

“咱村目前有四百多名单身汉，就是因为村里穷，姑娘们一听是庙坪村来提亲，话都不让说完。”

来人缓缓起身，腰弯成一张弓，抱拳道：“庙坪村得有个带路人。”

乔伟顺离开庙坪村时十二岁，村里困顿的光景多年来一直停留在乔伟顺的记忆里。想到家乡的父老乡亲，想到那片生养自己却依然贫穷的土地，乔伟顺略一踌躇，便做出了回村的决定。

乔伟顺将党组织关系迁到了庙坪村。11月，村里正式选举，乔伟顺全票当选村党支部书记。

2012年，他带领庙坪村两委班子外出看世界。走到山东寿光，看到人家土地流转后一亩地可收获十万元。乔伟顺心里算了笔账：山东寿光一亩地可赚十万元，我们一亩地最多收入两千。别说十万，就按八万算，也能顶庙坪村一亩地的四十年——世界比他们想象的大，外面的人，挣钱有方法呢！

回到庙坪村，乔伟顺发现，庙坪村的小学不知道啥时候都没了。乔伟顺坚决要求恢复小学，毕竟留住学校就留住了村子的未来。庙坪村村委自己找老师，发动外出打工的村民把子女送回老家上小学。小学聘请了六位老师，招收了八十多名学生。两千多人的村庄，因为庙坪村小学的存在，让百分之六十的人选择留在了庙坪村。

建好了小学，乔伟顺又想：农村说振兴，说脱贫，但没有产业，那振兴、脱贫就没有依托，所以还得兴产业！

2012年下了一场大雨，大雨下得如天空豁了一个口子，河水暴涨，农田在洪水的冲击下隆隆地塌陷。洪水过后，乔伟顺在河道里发现了一截粗如水桶的怪物，怪物摸上去很柔软，有人说是肉灵芝。

肉灵芝的形成过程比较复杂，是一种罕见的黏菌复合体。庙坪村的土里既然能长出肉灵芝，那是不是也能种出别的菌——比如，香菇？

乔伟顺决定自己先试验种香菇，成功了再大面积推广。2013年，香菇试验种植成功，他信心大增，决定盘活农民的土地，成立合作社，吸引村民入股种植。有的村民一开始阻拦他们，乔伟顺现场做工作，说依靠种植传统的大田作物很难改变贫困的面貌。他承诺，一亩地一千五百元流转。人们一听放心了，说我们可不是给你使绊子，还不是怕你赔了钱还搭进土地。

土地盘活了。但要搞建设，村里还是没有钱。为解决资金严重短缺的难题，乔伟顺带头拿出自家全部积蓄还不算，还访亲拜友，个人为村里转借回一千万元做垫底资金，才确保了庙坪村修路、栽树、垫地、建温室大棚等项目能顺利铺开建设。自己贴了多少开支，连他自己也说不清楚，但从来没在村里的账上报销过一分差旅费。

村里有不少人劝乔伟顺说："你回咱村受罪能图个啥？几年下来你什么事办不成，怕是赔了夫人又折兵！"乔伟顺想，解释不如行动。他组织庙坪村二十三户村民成立了种植专业合作社，六名村干部带头每人入股十万元。在北京开饭店的乔金山，回村里入股十万元；村里常年在外承揽工程的郝谈保思谋着转型发展，不仅拿出一百万元资金帮助村里发展高效农业，还牵头成立起现代农业发展有限公司……

香菇大棚建成后，人们有了上班的地方。生活稳当了，收入增加了，仅2014年夏秋时节庙坪村就有三十多家结婚。第二期工程从2015年5月开始实施，已新建出菇棚架三十五个，新建了冷库和恒温育菌室，又添置了价值十五万元的机械设备。

三

看着庙坪村的发展，城庄镇的刘公平心动了。

停下养猪之后，刘公平先是去铁路上干活。转眼三年，铁路修好了，刘公平回到村庄，看到庙坪村大变样，人们搞香菇种植正干得欢。最能说明问题的就是，原来四百多名找不到媳妇的村民，如今都娶妻成家了。刘公平想，都是秋水河畔，别人能干成，我也一定行。

当时只要农民成立合作社，就能够免息贷款种香菇。刘公平游说了上城庄几位老实、名声好的人一起成立了合作社。一开始盖了三个大棚，香菇五个月成品，他又赔了。庙坪村的菌袋长势丰满，他的菌袋却悄无声息！敲打、摇晃、针扎，千呼万唤就是不出来。焦灼着，企盼着，因为他知道，第一茬香菇的产量是决定收入高低的关键，一旦错过了，靠以后的几茬香菇很难弥补。

刘公平找到乔伟顺寻求帮助。乔伟顺带着技术员到上城庄帮助刘公平，问题很快解决了。雨季来临，潮湿的菇棚里香菇茁壮成长着。为了能够采到“最佳状态”的香菇，刘公平雇用村庄里的男女老少和香菇拼时间、拼意志，早起晚睡，看着它长。所幸，菌袋在前一次出菇时并没有消耗太多的营养，第二次发出的菇芽粗壮饱满，刘公平这才长长地舒了一口气。

几年种植，刘公平有了收入，添置了烘干机，建起了冷库，一家人黑天白昼就生活在菌棚里，天天侍弄菌菇。刘公平的手总是沾满泥土，出门遇见熟人时，刻意把手往身后放，生怕一握手把别人的手也弄脏了。村里人笑说：刘公平讲究起来了！

采摘香菇的日子里，刘公平认识了同村一个名叫赵巧英的妇女。这是个苦命人，丈夫瘫痪在床，家里的重担都落在她的身上。为了供养三个娃娃成人，再苦再累的活她都接，不让自己闲着。因为干了太多的体力活，身上留下了许多伤痕，腰时常的疼，胳膊时常的麻。

三个孩子，两个男娃一个女娃，都中途辍学，不是不想念，是没有钱念。赵巧英背着丈夫带着孩子去太原火车站擦皮鞋，一擦就是十年。直到没人在街上擦皮鞋了，她才留下两个男孩子在太原打工，自己带着女儿、背着丈夫回到了上城庄。长年累月下来，肩膀上因为挑担子鼓出一个包，人瘦得皮包骨头。但她还是想办法给两个儿子娶了媳妇，嫁了女儿。刘公平说：这个女人太坚强了。

赵巧英在刘公平的香菇大棚里干活，看见香菇卖了好价钱，自己也想种香菇，就找刘公平商量想租赁大棚。刘公平说他答应了不算，因为这是合作社，其他人的意见也很重要。话是这么说，刘公平心里已经打定了主意：他想免费“借”大棚给赵巧英种香菇。刘公平把自己的理由说出来：

“这女人让人佩服。一个骨瘦如柴的人，顶着家里的一片天。她很穷，但没有丢下负担出走，她把笑脸给人，心里装着苦。我个人想法是免费让她租赁大棚。这种人懂得好，我们要尽力拉她一把。”

刘公平说：“去年，香菇种植合作社前期投资不到六十万元，收入将近六十万元，政府给我们菌棒补助二十一万元，我个人赚了八万。县里和乡里的干部三天两头给我们支持，他们像兄弟一样为我们耐心地讲解国家政策，我总得做点啥吧？我就想让更多的农民加入我们的合作社，让更多的贫困户富裕起来，这样就能减轻国家的负担。”

说到此，刘公平自己也笑了。正好进来几位合作社农民，穿戴整齐干净，一脸喜悦。刘公平说：“我出门见人比他们还讲究，我心里有梦想，等香菇赚了大钱，也盖一座楼，你们来了进办公室，不用在香菇棚地上坐小板凳，而是坐沙发。”

没有人比农民更知道用勤劳表达感恩了。他们勤劳的汗水，在这片土地上浇灌出不同于祖辈的新生活。

民歌，最先绿过来的春天

题记

一种纯净无言的幸福，就好像是巨大的欢乐被忘掉的一刹那，却已刻在了心里。

民歌，在我们生息的这块黄土高地上有着对生命本真的理解。这种由热爱自由，放任灵魂的真正民间艺人唱出来的旋律，让我感受了北方荒凉的激情。1986年，一个荒凉的高地上，一位老羊倌仰着脖子唱一首信天游。那时我和同学背着简单的行囊，徒步走在黄土高地上。跟我们一起穿越这片高地的还有几位做买卖的小商贩，是他们起哄让山峁上的老汉唱信天游。他们反复激将，那位放羊的老汉在激动中扯开喉咙。我听到“引头头骡子带红缨，什么人留下赶牲灵”就已满脸泪水。

初春的上午，这股铺天盖地的苍凉是如此的动心与清澈，水洗一样的靛蓝至黄赭色的高原连接处，一位头裹羊肚手巾的汉子，挥舞着羊铲，我找不出一种形象解释。一种纯净无言的幸福，就好像是巨大的欢乐被忘掉的一刹那，却已刻在了心里。这是我少女步入青年后获得的一次最彻底的感动。当脆弱的身体和灵魂被一曲“赶牲灵”坚定住后，我明白，晚清大诗人黄遵宪的诗作：“天籁难学也”的出处所在。可以肯定，它改变了我的一生，让我最终选择了民歌。

是不是人心深处总是藏着一些无法说出的情感？而这种情感，最深的地方一定会是相思作怪。但广义的相思又会是什么？是不是蓝天大地？是不是自己的肉体？当一个人爱了恨了，来了又走了的都是难过时，你会感觉就连无数细小明亮的尘埃也一起合谋来堵你胸怀。对我来说唯一的解脱方式是吼一首民歌，顺着窗外的高楼尖上去，我不知道为什么会在这么一种时候需要这么一种宣泄，但之后我会生发出奇怪的情绪变化，释然了。一切，只需一首民歌！

我曾一度因流行歌曲泛滥而拒绝接近民歌，最终的接近又觉得它是多么丰富而生动。它情深缘浅的色晕，让我接近了永恒之光。我无法就此而无知地漠视这种伟大而亲切的声音，就像闻见母亲熟悉而温馨，并掺和着些许血腥气味的体香一样，民歌抚慰了我孤独的心。

1997年春天，我一直与一位来自内蒙古锡林郭勒草原上的女子在一起。她说美丽的草原有一种火的品质，像传统的乌珠穆沁的婚礼那样，草原上到处飘荡着乌珠穆沁长调。她是来自旗剧团的一名演员，我们同住在北京音乐学院，她喝一种草原上的高度白酒“套马杆”。她性格爽直，在一次酒醉之后，她给我唱了乌珠穆沁长调《都荣扎那》。那是一首唱一个19岁就被杀害了的蒙古族英雄的叙事歌，歌里重复着她故乡的星星，无边的草原，还有生命中短暂的沧桑。她把欲望、憧憬凝聚在草原英雄身上，来实现强烈、奔放、壮阔、无奈的生命意识。她满脸是泪，然后盯着我说：“走进草甸子深处去，那里还有比生命更纯洁的歌谣。”这是我这一年参加中国音乐学院学习的半年中最有意义的一件事，在草原的歌声中浸泡了我这一年中生命的春天。

乌珠穆沁草原是内蒙古唯一的牧人日常着蒙古袍的草原，她说汉语普及的程度使乌珠穆沁人仍保持着唱长调的风俗。而在内蒙古的一些汉人集中的地区，蒙古族不会唱蒙古族民歌已很不新鲜。她说她爱人叫木日根。木日根在旗剧团唱那些最不起眼的、最土气的民歌，没有人关注他，但他唱得非常投入。这让我想起我们居住的这个国家中民歌净地西北地区、西南地区。它们仅有的民歌的丰富与承袭的相对稳定，正是以文化的封闭和经济的不发达、停滞为条件的。

我国的《乐记》认为，音乐“能与天地相合，和鬼神相通，使宇宙大放光明，日月运行有序，四时风调雨顺，万物生长繁茂”。可见我们的民族对音乐可称得上是崇拜之极了。可我们蕃行于大地之上的民歌呢？曾经在战争年代为革命者提供精神乳汁的民歌，如今就像我们历尽沧桑的奶娘，在明媚灿烂的日子里，却有点四顾茫然了。

有一次，我和友人在京城听一场民歌音乐会，听到了《苏格兰兰铃花》那样的曲子，观众席上掌声如雷，之后是一曲民乐《兰花花》，掌声稀落。有几位西洋人站起来挥舞双臂，嘴里吐出一连串“OK”，我留意他们回过头来看一色儿黄色皮肤的绅士淑女时，眼中折射出一种蓝色的忧郁。1941年，当门德尔松指挥完丹麦人嘎德的《莪相之回忆》一曲后，被音乐振奋了的莱比锡人惊喜地看到，原来斯堪的纳维亚的英雄叙事民歌竟也那么动人，传统在工业飞跃的那一刻竟也有那么神奇的力量，看来现代文明并不轻易抹杀传统，相反它更依赖民族精神的更鲜明、更坚定的确定与独立。

能唱民歌的都有一副好嗓子，民歌不能用假嗓唱，但也不能野到天边。要唱好民歌必得有一个“情”字，听的人万端抒情辗转才好。民歌一般都有股子酸楚劲儿，现在的歌星把民歌唱得很欢快，连《兰花花》《走西口》之类的民歌都轻浮到了欢喜的套路上。流传在我国的俄罗斯民歌《三套车》：“冰雪覆盖着伏尔加河，冰河上跑着三套车”，不说它的歌词，单单那旋律，你不忧郁都不行。歌声中是有画面的，如列维坦的风景画，那么清醒有力，我会想起陀思妥耶夫斯基、车尔尼雪夫斯基，在他们流放的经历里，一架三套车装着他们的文采远去。

我喜欢民歌里唱的那些花事，正月里那迎春花儿开，二月里那柳絮花儿开，一直唱到十二月那蜡梅花儿开。所有的花儿都要往头上戴。花开富贵，延长了大地的年轮。从春天开始，到冬天终结，为一切的存在而存在，四季供她们摇曳，为所有人的快乐存在。“清香那个玫瑰玉兰花儿开，蝴蝶那个恋花啊牵姐那个看呀，啊，鸳鸯那个戏水要郎猜，小小的郎儿呀。”唱到花，大都与女人有关，但我还是相信民歌里藏着一个伟大到张狂的“汉子”。

民歌，人民的歌，人民从来都不会朦胧。好的民歌一定是植物的。沃野千里唱民歌。民歌真是日常生活吗？民歌的世事洞明其实是经验的结果。好的民歌阔爽大气，直白坦荡，偏又情致缠绵，余韵不歇。

“饥者歌其食，劳者歌其事。”“感于哀乐，缘事而发，出于心胜，激于真情。”一首酸曲唱出来，肚子里的高兴翻出来。民歌，就像故乡有尘土和牛棚、马圈、鸡窝子，犹似地里流汗劳作的爹娘，我找不到合适的感觉，民歌对所有生命的姿态都是开放的。

我去新疆伊犁，在伊犁河畔，看到维吾尔族人和哈萨克族人，他们的歌声滑过伊犁河平静的水面，你能感觉那歌声里的快乐是扭动的，他们用快乐化解他们的苦难。鸟一般飞翔的歌声一定能化解一切。我们的解放区就曾经用歌声化解了苦难。

民歌的力量是自由的，可以去改变，但是一定不要改变它的本质。

民歌，发自心灵，注满心性，产生于感情，只要会唱敢唱，我认为从来都没有道德上的障碍。

民歌，就像是最先绿过来的春天！

善陀是一个村

题记

那云，混沌无识无序，依偎戏耍在山的怀里。谁又能说混沌不是一种大境界呢！

善陀是一个村子，若干年前它在一座山的山坳里，它的热闹来自屋子里的那些人声。若干年后，善陀消失了，植物覆盖了它。冬日树叶落尽时，看过去，备受摧残的村庄显得生硬和突兀，一座寺庙的舞台还在，只是没有了背墙，敞开的舞台犹如一扇落地大窗，更多的自然透过敞开告诉世人，物质完好的东西到最后都是以这样一种形式完结。

村庄里一些屋墙之所以还在，是因为曾经村子里的人过于铺张地用了石头。

不知道现在谁还在用石头盖屋，这种粗重的体力活已经被现实中的人们舍弃。阳光从石缝中穿透，有青草茂盛，风来它们摇曳，风去它们也摇曳，只要有光，有雨水。

我能想象曾经的戏台下，男女老少，到了赶庙会时分，唱戏的，卖香烛的，卖火烧的，卖丸子汤的，打情骂俏的，偷鸡摸狗的，等等，都是围绕着对面的大雄宝殿开始。跳大神的嗡嗡如蜂，与香烟缭绕、人声鼎沸的戏台傲然对立，二者之间，总是掺杂着皱纹的脸和骨软的腿。

那时候，流行入村瞧戏，我们就这样一窝蜂地涌进了善陀。

善陀实在是不大，十来户石砌的屋子，青绿的草铺天盖地。有些花朵开着，犹如小女孩身上的碎花布衫，望过去异样的舒畅。曾经的庙，高耸在小村中央，有几朵白云，从绵延起伏的山冈走来，庙脊上的琉璃瓦被云彩遮挡了一下，一群不知名的小鸟呼哨飞起来又落下去，小小的跳动，衬托着背后葱茏的山峦，这些庙顶上黄绿相间的瓦楞，更显得轮廓分明，光亮夺目了。红的庙墙，翘起的檐角，善陀在人们无数的好感中，一定有触摸到世外文明气息的感觉。鞭炮响起，那些咧开大嘴笑着的人，点燃香烛跪下，高香上的烟气缭绕着，求佛的人根据自己的诉求，还原着自己想象的生活。

我偷看那个卖香火的老人，她在比较两张纸币。她把明显干净的一张装进了衣袋，另一张握在手里，等待找零。她嘴里喃喃：你该烧一炷高香了，看那些开着小轿车的人，有人前呼后拥，都是前世烧了高香啊。

把钱看成一种吉祥幸福是一件好事，新旧是不是她生存的一种好心情呢?！高香，只是要整理出一个干净、没有臭气、看上去庄严的说法场所，如此，它的意义与高矮又有多少关系？我转身走出庙门，惶惑间居然不知里面供奉着什么样的神佛？现在想，好像莲花宝座托起的佛，有一张丰腴的脸。

正是五月，一大片黄灿灿的油菜花，朦胧的潮气，清水流过，禾苗正在生长。念着牵挂着同时被惦记着，应该是很幸福的事了。爱是平常，有爱心，始终怀念爱的人，任凭时间之水流逝，如此，便看见了那个朴拙的老人。

他正挑了一担水走进油菜花田。他弯下腰，然后直立在花田中央的一块土堆上。他突兀地站着，哼着欢快小调，很自在地在油菜花田里劳作着对他有意义的劳作。那么，油菜花田里还生长着什么农作物？这么宁静致远的小村，因何要修一座庙？修庙人一定怀有梦想接近实现的目的。

一盘石碾。疏疏的有一枝桃花斜过来。“人面桃花相映红”“桃花又见一年春”“催出新妆试小红”“为他洗净软红尘”……你看，有桃花在，一切就必然带着浪漫的寓意了。桃花从一座小院的墙头上伸出来。院内没有人住，春风吹得野草疯长起来。石屋的门两侧有春节的对联：“春风送暖驱寒意，幸福不忘报党恩。”多么暖人，像春雪在阳光下就要暖化了。我走近它，记下。没有人住的石屋，贴着暖心的对联，很有味道。

看天。天上有云，云本无根。世人都说那云有一种超然物外的心境呢。是啊，那云，混沌无识无序，依偎戏耍在山的怀里。谁又能说混沌不是一种大境界呢！像这些善陀人家，只守着自家的老屋，守着一成不变的生活。日出而作，日落而息，生儿育女，修房造屋，抽几口旱烟，看几朵云彩，心里平和着，吼几声地头田间的秧歌，咂摸出一些活命的滋味来，你能说这不是一种幸福！

其实，幸福是一种自我感觉，体验存在于感觉的过程中。幸福，难以倾诉，也不可理解。就像这云一样，云飞云落，都是平常。

云与人一样，同是一段生命的过程。坐看云低，仿若洞见一段生命的无为和无知。云的家园是山、是江河湖泊、是草丛树林，宁静的自然对于人类，不也意味着一种永恒的家园么。

山、水、草、木、生命、智慧、劳作与汗水浇灌的丰腴。油菜开花，它使我们在生命的轮回中懂得自省与平和是一种美好的品质，让我们知道翻越一座山之后是裸露出的亘古的宁静与庄严。

我走近那位老人。我说他在浇灌什么？

“浇灌坟茔上的树啊，万年松柏。”

他用手指给我看，先他而去的女人就留在那里。那样轻松，这样说，没有一点伤感，但，仿佛，是真的，如延续着的生活的从前。老人眯着眼睛。挽留一些事情真的很难，很多人和事也很复杂，到了这样的年龄，如果有痛苦，痛苦就会与生活永远相伴了，不要为痛苦去浪费闲余的时间。

老人走过去，从我面前，以一种自在的神态。

他的女人就在那里，油菜花田，等待着亲爱的未亡人。月球和地球的距离，必然带着诗意的浪漫。掰着指头数日子，一日两日，老人不紧不慢，安稳得惊人。守候着静止在四季轮换的油菜花田，他是这世上最有定力的一种人。

有一天，老人将回到小屋，重新开始旧的生活。空气净了，心也净了，情绪似也变作透明。冬日白雪覆盖，春天幼苗返青，五月百花盛开。葬在这油菜花田的善陀人真是好福气啊。

时间好似昨日。

安静下来的善陀，山中的花期这般烂漫，得益于毫无阴霾的雨露滋养，洁净而又恣肆。看到过生命烂漫的时刻，那个存在过的善陀，就像黄土地上一块沉默的土坯，站在山上石垒的豁口处，能看见巨大的深壑，它已经走出了人们的生活之外。

有诗意的生活和有过多物质的生活相比，善陀在大山里，就名字而言，暗隐着某种岁月的从前。

绍兴，光阴如流水的地方

题记

岸上虬曲的古藤似秋千飘荡着往昔的诗情；水边垂柳婆娑，摇曳着曾经有过的风韵。

一、乌篷船内，促膝谈心

山色空蒙，斜雨如丝，绿雾红烟……绍兴雨中的乌篷船让人想起“促膝谈心”。两个人对面坐着，膝盖相抵，雨声正浓时，谈兴也浓，传达着心中的温暖，不知夜深更阑。

小桥流水人家、鲁迅的三味书屋、沈园的《钗头凤》、兰亭的曲水流觞……江南的古韵，纯粹得直击心灵，柔情似水的诗意里还有旧去的生活气息，这样的绍兴应该是一个有故事的背景。

乌篷船从小桥下走过，看到岸上的茶楼，雕花窗，细竹帘，门前夸张地高挑着一个茶幌子，门两侧是一副阴刻木版隶书对联，上联“坐片刻无分你我”，下联“吃一盏各自东西”。一位通体被江南的水汽濡湿的女子像一幅画倚着美人榻，一柄团扇，美人的笑如雨中朦胧的雏菊，妖艳，但少风骚。

一股温甜幽远的茶香不知不觉中包围过来，直浸心脾。几扇典雅的屏风隔出几方独立的空间。一位穿丝绸旗袍、扎云髻的少女在一隅物我两忘地自顾弹奏一张古琴，曼妙的曲子在周围回环往复，或幽妙或静淡或超然，叫人顿生“不知有汉，无论魏晋”的慨叹。茶几上置放着茶盘与呈花瓶状的木雕紫檀六用。闻香杯、品茗杯、茶托、茶荷、功道杯、过滤网与一柄紫砂小壶依次簇坐茶盘之上。六用内插着茶针、茶匙、茶拨、茶夹、茶漏与养壶笔。

我张目浏览壁上的字画。有一轴《采茶图》，旁缀一首小诗：“一心，二叶，山泉水，四月清明，午采茶，六两菁，七碗露，八分意，九巡盏，拾得茶馨满园香。”另一轴显见是临摹清代石涛的

《西园雅集图》，旁边也有一首小诗："一啜浅饮三日夸，半入江风半入云，方信佳茗似姣娃，人间能得几回闻。"

坐在窗前看乌篷船走过，欸乃声传来，摇橹的是一位后生，和岸上的女子打着招呼，手势有几分戏台小生的婉转。轻舒兰花指的少年在越剧声中，双手执壶很专业地将沸水浇在紫砂壶上，是为"封壶"。继而掀开壶盖，手三扬三落，再一旋臂，茶具内便注满了清水，这时正好是一曲《玉蜻蜓》，大珠小珠落玉盘的声音，成为清水洒落的伴奏。然后将水缓缓倒入茶盘，是为"洁具"。少女用茶夹将闻香、品茗二杯夹放在我面前的茶托内，将茶荷内的茶经茶漏用茶拨拨入壶内，再封壶、沏茶、又倒掉，是为"洗茶"。又一次沏茶之后，我的闻香杯里斟进了七分澄澈的茶水。这看似不满却留下了三分情义，随又将茶倒入品茗杯，再搓一搓闻香杯，香气顿时从杯口散溢出来，这就是"闻香"了。

这品茗杯里的茶应三口喝完，品茶品茶，品字不正是三口吗？

绍兴的乌篷船和岸上的茶香就品出人间的味道来了。

想起鲁迅先生《社戏》中的夜航描写："双喜拔前篙，阿发拔后篙，年幼的都陪我坐在舱中，较大的聚在船尾""于是架起两支橹，一支两人，一里一换”。

我再一次想到了“促膝谈心”。对鲁迅先生来讲只有面对面才有察觉的因素，话语交错的同时，对方的眼神、表情、姿势都要泄露出秘密来。有时对方在竭力隐藏，却由于面对面而徒劳。故乡人不完美的人生，给了鲁迅先生可亲近、可感动的生活原动力，也是鲁迅先生激昂人生的源头活水。

鲁迅先生既是接受了西方文化熏陶的“五四”先驱者，又是与乡土中国有着深厚血脉联系的“地之子”。

鲁迅先生浓郁的绍兴风情小说堪称乡土中国的美丽画卷。

二、风月人间中曲水流觞

谢安要比王羲之年轻十七岁，然而因为他卓尔不群且又多才多艺，后来成了王羲之的好朋友。那时，谢安正隐居于会稽东山（今天的浙江上虞市），闲暇的日子也多。“出则渔弋山水，入则言咏属文。”性好音律，精通乐理，善诗、文章又写得好，被人称作“安石碎金”。谢安向王羲之学习书法，王羲之认为他“解书”。

“解书”有妙趣在里面。不是清风徐来，风波不兴，而是知己难觅，觅得便是惊天地泣鬼神。

2000年5月的一天，经过辗转跋涉，我终于如愿以偿，来到了它的门前。五月的景致真好，红了樱桃，绿了芭蕉。这样的季节，来到了兰亭，真乃赏心乐事。

汉代的驿马嘶鸣早已轻甩四蹄渐行渐远，曾经的一切全已遁入远天远地。昔日惨遭吴戈越剑蹂躏的幽幽兰花亦已不知所踪，杳不可寻。

一脚踏进兰亭，喧嚣与繁华便躲到了爪哇，袅袅古音缭绕，仿佛穿过悠渺的历史时空，置身在了那个“群贤毕至，少长咸集”的群体。“此地有崇山峻岭，茂林修竹，又有清流激湍，映带左右。”这是一座何等别有韵味的江南园林啊！穿过一条修竹夹道的石砌小径，就到了鹅池。数只白鹅悠然嬉戏，白毛浮绿水，红掌拨清波。只不知它们可是晋鹅的后裔？池畔兀立的石碑上，赫然镌刻着“鹅池”两字，笔走龙蛇，铁划银钩，势如风云，尽展晋人风骨。

过鹅池，经三曲石桥，是一条小溪，溪西有一木结构的流觞亭，就是那个诞生了美丽的曲水流觞、放浪形骸的故事的所在。

暮春三月，一班文人雅士，咸集在这弯弯曲曲的溪水边，列坐放言，将盛酒的羽觞从水的上游放出，循流而下，流到谁的面前，谁就得即席赋诗，不然罚酒三觞。虽无丝竹管弦，却能畅怀吟咏，真乃赏心悦事。贤能的王羲之被众人推举为三十七首流觞诗作序，欣然记下了兰亭周围的风景之美和文友聚会的欢乐之情，同时也抒发了自己对人生好景不长、生死无常之感慨。往事已越千年，现代生活太热、太火，浮躁的现代人怕是绝难领略到他们的那份恬淡与超然了。

肃立在潺潺流淌的曲水旁，想象着当年那空前的盛况。岸上虬曲的古藤似秋千飘荡着往昔的诗情；水边垂柳婆娑，摇曳着曾经有过的风韵。一草一木一石一涓细流，无处不洋溢着东方文化的意蕴；清风流云、雨丝风片到处都彰显出汉文化的智慧和儒雅。兰亭真是文化的圣地，叫人情意缱绻，踯躅流连。这鹅池、流觞亭、右军祠、御碑亭，还有小兰亭，无论你取何种去向都会感到是在一段历史中勾留。

兰渚山连同兰亭，真的已一并隐没到了暮色苍茫之中了吗？

这个季节的上虞市城景致真好，该绿的绿了，该红的红了，这样的季节，来到兰亭，有了人生之秋的收获。

三、悲喜交集，读之心泪潸然

古人云："勿以善小而不为，勿以恶小而为之。"

点滴善行汇聚一起，这个世界会更加亲切，人与人之间将更加亲近；些许残忍扩大开来，难保不会驾着飞机去撞击双子星大楼而不惜伤及无辜平民。只有对天地万物长留一份敬畏之心，世界才会永久地充满生机，我们才会处处感受到生命的高贵与美丽。

在上虞的春晖中学见到弘一法师的修行之地。人世间走过的路都是修行之地，人世间更多的修行是嚷嚷，而少了寂寂。

花丛中比翼的粉蝶，翠柳梢啭啼的黄鹂，漠野中奔驰的藏羚羊，汪洋中追逐的蓝鲸，等等，无一不彰显出生命世界的无穷底蕴，无一不让我们体验到大自然鸢飞鱼跃、道无不在的顿悟与喜悦。

素日，世人多有讥讽出家人"扫地怕伤蝼蚁命，爱惜飞蛾纱罩灯”之操行的，但暗夜里扪心，我们不应该从这里悟出点什么？禅宗对生命的敬畏足以让滚滚红尘中的诸公汗颜，他们用理性的智慧独到地诠释了对生命的理解。

前些时，看过弘一法师的传记，有一个细节，总是难于忘怀。法师圆寂前叮嘱他的弟子，遗体装龛时，在龛的四个角下各垫一个水碗，以免虫蚁等爬上遗体后在火化时被无辜烧死。

法师对生命深切的怜悯、敬畏，让我们钦佩之余打心底里折服啊！

厚德载物啊，对天地万物长留一份敬畏之心吧！假若这个世界上只剩了人，而再没有任何其他生命时，我想纵然是再胆大的人，也会惶惶不可终日。

人只有自觉地高水准创造与生物与自然与环境的和谐，也才能在这个过程中进一步净化与提升人类更加高尚的心灵，从而更深层次地优化、美化这个赖以生存的星球。但愿这个世界上再也看不到活灵灵的猴子被关进囚笼，然后被活灵灵的人活生生地揭开天灵盖，不顾猴子别无他求只求给个痛快的惨相，转动灵活之手，一勺一勺地取食猴脑；但愿这个世界上再也看不到活生生的羔羊被四根立柱绑住四条腿，褪光了毛，任食客一刀一刀地片割下血淋淋的肉，伴着咩咩哀叫，仗着醺醺烈酒，扔进涮锅，再送进血盆之口；但愿这个世界上再也看不到糖醋活鱼；但愿这个世界上再也看不到蹦虾醉吃；但愿这个世界上再也看不到当着一群活鸡恐怖地宰杀一只无助的同类……

风从海上刮来，夹杂着咸腥。

双手拜谢，眼前圆寂前弘一法师的涅槃像让我心动。

王羲之的书作，李商隐说："不因醉本兰亭在，兼忘当年旧永和。"

"悲欣交集。"

"世界上本没有路，走的人多了便也成了路。"

绍兴，走过的人生都演绎出了人生光芒，他们照亮了后来者的岁月。

水流花开好去处

题记

秋阳暖暖，宿鸭湖上不知名的鸟起起落落，阳光照耀湖面，连颜色也像绸缎一样柔软无比。

第一次见到人工湖像海一样没有边际。

这是中国中原农民的功劳。

海一样的湖位于驻马店汝南，名字叫：宿鸭湖。单从名字上解释就觉得很中原。中原是中国南北东西通道之要冲，几千年的风雨历程中，这里既是烽火连天纵横捭阖的战场，又有繁荣发达的经济和多姿多彩的文化，其精神特质与华夏文明一脉相承，可说是“尊儒尚贤”与“慷慨朴厚”同在，勇武强悍与劳苦功高并存。

我从山西来，见过当年中原河南人修红旗渠那种劈开太行山的气势，黄昏之后的静夜下，山西的漳河岸边上横七竖八躺着修渠人。在20世纪60年代，为了解决当地十年九旱，水贵如油的生存条件，河南人苦战十个春秋，引漳入林，在太行山的悬崖峭壁间修建了一个五百公里的红旗渠，续写了太行山的现代版神话，开创了“自力更生、艰苦创业、团结协作、无私奉献”的红旗渠精神。

汝南，这个豫南广袤平原上的天然涝灾区，现在看上去叫人大吃一惊。清风朗日，袅袅水气甩开天空的雾霾，重新结合成灰白或稀薄叆叇的云，罩在人们头顶。一时间，我感到天地万物生出无数口，大幅度地翕张，从隐处进入显处，人们酣畅的心情里大都因为这水而喜形于色，不费力地就能看见鸟和弧形的七彩光芒，总之，对于汝南的第一次见面，我完成了一次从肉体到灵魂的水的洗礼。

现在的宿鸭湖像一个人，放下屠刀立地成佛。

当游客看到宿鸭湖时，感觉完全是一个大平原，其实宿鸭湖在没有成为“湖”之前，是一个沟壑纵横、十年九涝、野兽时常出没的地方。

历史上元朝皇帝将其儿子封在汝南，这位王爷生性残暴、善于骑射。一年春天，王爷带领卫队出城，代天子巡视一方，竟发现此处天有飞禽、地有走兽，心中狂喜异常，随即拉弓搭箭，射中一只狐狸，谁知狐狸未死，却带箭逃跑了。

王爷就在后边紧追不舍，不料被村庄挡住了视线。王爷十分生气，下令“跑马圈地”，决定把这块土地作为御用猎场，刻着“御用猎场，禁地”的标牌插在了方圆四五十里的土地之上。场内村庄一律拆除，百姓限期迁出，违令者全家抄斩！从那时起，直至明朝灭亡的三百多年间，这里一直是汝南藩王的“御用猎场”，人们就称这里为“官场坡”。

历史上河道失修，洪水泛滥，每逢夏季，一片汪洋。成群结队的野鸭、水鸟，纷纷飞到这里安家落户，繁衍生息，“官场坡”成了野鸭、水鸟的世界，所以人们又改称“宿鸭湖”。明朝末年，闯王李自成率部四十万人血战汝南城，活捉了王爷，“燕王庙”被焚，史称“汝宁府之战”，这片土地才又回到百姓手中。

“宿鸭湖下草难生，人比黄连苦三分。野鸭悲鸣人哭叫，惨状村村鬼神惊。”这是过去宿鸭湖一带的真实写照。

宿鸭湖最大的一次天灾发生在1975年8月。这一年，由于超强台风莲娜导致的特大暴雨引发淮河上游大洪水，河南驻马店地区包括两座大型水库在内的数十座水库漫顶垮坝。溢洪口目击者称：暴雨到来的数日内，白天如同黑夜；雨水像从消防水龙中射出；从屋内端出脸盆，眨眼间水满；暴雨如矢，雨后山间遍地死雀。暴雨区形成特大洪水，量大、峰高、势猛。洪峰所到之处，墙倒屋塌，数万人在睡梦中被吞噬，千年古树连根拔起，京广铁路拧成了“麻花”。

一位曾经参加救灾的军人后来回忆，在漯河至信阳的公路两旁，沿途所有的大树树枝，都被黑压压的灾民压弯了。

人类的文明同河流的文明是紧密地联系在一起的。由于灵秀之美，舟楫之利，人们往往喜欢择水而居。所以，凡是有河流的地方，无论是大江还是小河，都是人烟稠密的地方，都是经济社会发达的地方，都是交通四通八达的地方，都是文明程度较高的地方。

想起古人的一句话：“良田万顷日食一升、广厦千间夜眠八尺”的浅显道理，自然灾害造成的灾难让这一浅显道理成为一个噩梦。

水行山谷之中，河床坡度大，由于受咸潮的海洋气候影响，不但无灌溉之利，且经常泛滥成灾。每当汛期或台风季节，海潮上涨，引发天灾，山洪暴发，宿鸭湖滚滚而来的河水，又滔滔而去，这一来一去，不知有多少土地和活着的生命被吞噬。至今，老人们回忆起当年发大水的情景，无不谈“水”色变，心有余悸。

时任驻马店地区生产指挥部副指挥长兼防汛抗旱指挥部副指挥长的孔繁斌亲历了“75·8”洪水劫难，多年来他一直致力收集“75·8”特大洪水的相关材料。经过研究对比，他总结出“75·8”洪水导致全区水库垮坝事件，在世界水库垮坝史上的罕见程度：六个小时降雨量居世界第一，垮坝水库规模当时居世界第一，在同一时间水库垮坝数量居世界第一，造成生命财产损失也是破纪录的。

也正是有了这几个“世界第一”，才让劫后余生的灾区人民发扬愚公移山的精神。1958年春，国家水利部投资1800万元，组织汝南、上蔡、平舆、正阳、西平五个县11万名民工，经过四个月苦战，挖湖底，筑堤坝，疏通河道，开凿灌渠，修建水闸，建成了迄今为止全国最大的集蓄洪、灌溉为一体的平原人工水库——宿鸭湖水库。

四个月，走马灯似的来了11万青壮劳动力，我看到当年指挥部下发的准备工作与施工情况第二号简报通报的民工准备情况：由于县、乡、社党政重视，首先确定了总、大、中队干部，随之分前后方两套人马，昼夜进行各项准备，经过前后方紧张突击，于2月21日到28日先后完成了准备工作任务，总计组织民工110871人，搭建工棚9929间，伙房2344间，自带成品粮1994320斤，红芋干290675斤，干菜947762斤，准备各种工具453435件。

当年修水库的民工们用过的提灯、垫肩，独轮车，穿过的棉袄，可以告诉现在的人们宿鸭湖水库的孕育、形成、发展过程。那个时候生活困难，没有饭吃，肚子虽然空落落的，但没有开小差的。当时大家伙想法很简单，就是我们苦干一辈子，造福后代。

当时修水库的农民兄弟白天到山上割草，夜里铺在石板上便是“褥子”。民工住在河滩上，啃着冷馒头，喝着湖水，两天吃不上热饭，谁都没发牢骚，大家心里想的都是修水库，为的都是制伏这湖水。

水库底跌落了许多当年建造水库运输石材的独轮车、三轮车、镢头、锄头、锤头、铁锨，安静的水下世界纪录着那个年代的风云际会。

新建的宿鸭湖水库南北长35.29千米，东西最宽处近15千米，蓄水区面积167平方千米，控制流域面积4640平方千米，总库容量16亿立方米。曾经肆虐千年的洪水，终于在党和人民筑起的宿鸭湖百里长堤内，呈现出空前的祥和与安澜。

秋阳暖暖，宿鸭湖上不知名的鸟起起落落，阳光照耀湖面，连颜色也像绸缎一样柔软无比。但是，宿鸭湖的从前不像现在这样保持着一种姿态，那是一个无法返回的时代，在苍茫的一瞬，我穿透了时间的帷幕，瞥见了旷古未有的建设序幕，内中所凸现出来的精神光华，与岁月同在。

岁月把一切罩在记忆深处，望不到边的宿鸭湖，又像时光的投影，从前的吆喝似乎仍然在耳畔盘旋，可惜，时光的一半是恩赐，另一半却是降伏。“城依水存，水随城在”，汝南因宿鸭湖存在已经成为一个让生命轻舞飞扬的地方，也是一个隔世离空的梦想天堂。

行走在汝南的山水间，然而最美的却是拥有赤子之心的中原人民和他们至情至性劳苦功高的不屈意志，当我体味着娑婆世界的万般滋味时，我的秋天在驻马店结束，而驻马店的秋天，却是一个水流花开的好去处。

乡村，一再被我看得贵重

题记

乡下人很性情，实而真，直而诚，人和虫草鸟兽，又及四季中的风雨雷电，都是说话对象。

一

这是一个世俗化和文化化并存的时代，民间的魅力已经远不同于20世纪七八十年代，那时乡村情怀主要来自写作者个人命运和乡村生活的纠缠。现在，中国人的精神开始一步一回头地，由城市转向乡村，由现代转向传统。对应着现代化城市的弊端，对于进入历史记忆的乡村，文化赋予了各种幻影幻觉，现代化乡村被审美化之后，对日益浮躁的现代人起到了清凉油和平衡器的作用。

村庄、古庙、戏台、木雕石雕、贫穷和富贵；古画、刺绣、铜器瓷器、书籍和碑帖，一切遗弃的都会告诉我，中国每一个时代都是一个伟大的时代，创造伟大而美好的社会者永远都是普通人中的手艺人。

当土地的记忆泛化为大地，传统更多地升华为一种精神和感情的彼岸，日出而作，日落而息，想要了解中国农民几千年来的传统本色，对于写作的记忆可能已经停留在童年的记忆中，或者，有些情境原本是只存在诗文或想象中，思想中原有的毕竟还是一种富有诗情画意的期待，这种期待实际上来源于诗文或自己憧憬中的梦幻，是那种想象生造出来的清风明月式的幽雅与闲适情调。如果我们不俯身贴近泥土，走入百姓生活，我们根本不知道生活本来的样貌。

我不知道在这样的状态中文学会出现什么样的作品？

我的写作素材很单一，只关心那些乡村小人物的故事。对小人物的体悟，比离奇和喧嚣更重要的是，我从他们身上看到了奔日月、奔前程中劳动的力量。

再没有如此深刻的提醒能告诉我记住什么。劳动可以把日夕改变，劳动本身却永远消耗的是人的精神面貌，似乎只有这样才足够盛载悲喜。没有比自由的疯长更闹心的事情了，日子不易，在四季轮回面前，只有时间才具有总结一切、梳理一切、收割一切的力量。

二

道路，蕴藏着无限的成长方向和发展可能，远方的城市有文明照耀和财富的积累，一个普通的农人参与社会化大生产的意义类同一个国家对全球化世界的格局参与，决定性作用总是艰难的。有多少农人在长满万物的土地上劳作，在释放生命力量的行进中，以创造财富来经天纬地，他们是自由的，自由的代价有可能和获得的财富不沾边，但是，自由又是多么叫人向往！

我在乡村看到了两个字："走失。"

这个词在乡下人的日子里虚幻不定，一转眼，阳光可以从屋顶的缝隙中照射进来，炎热而又潮湿的日子突然就走失成了去年。只有和泥土打交道的人才知道，当你想选择生活时，人已经老了，如同夕阳不想西下。

每一个活着的人都在追赶走失的自己。

我写故乡那些没用的人。那些没用的人不走正道。

山野之间崖壁上都有攀爬的路，日夕相遇，有丰而茂的草木。乡下人很性情，实而真，直而诚，人和虫草鸟兽，又及四季中的风雨雷电，都是说话对象。

我见过母羊和小羊在羊圈里分开的情景。母羊要出圈了，小羊，如一个人的童年，不知脚下深浅，小羊要留在羊圈。放羊人挥舞着羊鞭，一下两下，母羊开始往羊圈栅栏门方向走，小羊在鞭声中跌跌撞撞，找不到母亲，任何一头羊从身边走过都认为是自己的亲娘，用羊角顶撞母羊的可爱劲儿，那一瞬间，生活的剧情向前展开。

母羊们在鞭声甩击中走往山腰，长长的羊群，荡起了黄尘。

坐在村庄的空阔地带，听留守在村庄里的人讲一只母羊死去，放羊人用小羊的胞衣涂抹在其他母羊的身体上，血水淋漓，小羊跌跌撞撞寻着娘的味道。

娘的味道，前所未有的疼痛，勾勒、构建并呈现村庄之所以为村庄的光亮属性。娘的味道就是故乡啊！

网上说，每天中国的村庄都要消失近百座，村庄里的人呢？城市的方向一直是他们富足的梦想地，那么土地呢？大面积的土地开始闲置，人总是在万不得已的情形下才会想到土地。

章太炎曾经感叹中国的国民性流转得多，持守得少。

人的坚守一再动摇，世相多变，性格中固执坚守是不是就是人的福气？

我对所有村庄里的物事充满认知欲，比如我和说书人去聊天，和贩卖牲口的人做朋友，只是好奇，常被一种现象感动。我认同他们的手语和黑话，一个没有社会背景、家庭背景的人，追求一切的难度都很大，在这个貌似很简单的社会中，他们把自己艰难复杂地呈现出来。

从底层寻找一种民间语言，民间，那一片海洋我无法表达。

三

没有规矩地乱开乱合的民间知识，是我明亮或者幽暗的知识河道。

看那二里三里高的地方，晚夕挂着，只有远离尘嚣走入民间，我才能寻找到我的方向。其实，作家的蜿蜒走势皆因为写作者的命运和定力。

生存的风险系数越来越大，人们对从前的怀想与追忆越加显著。

我常听到的一句话是：物质极大地丰富了人们的生活水平。我们习惯于猜想物质的丰富和生活水平的提高，应该是什么都有，是不是人们的真正需求？似乎又是两码事情。

事关个人，个人生活水平和个人归宿，城市化发展和生存质量，比如空气、比如水质、比如粮食、比如城市噪音，健康已经成为人们的首选，除了缺失了自然山水和心灵，物质富有的城市简直是一无所有。因此，乡村，一再被我看得贵重。

我看见手艺，他们赠给我一段历史，是那么生动，虽然屈服于生活，却充满人性地在世俗中开花结果。

每个写作者都有自己的生活经验可使用，不一定是建立在当下的准在场，而是建立在自认是好的“过去”之上，用记忆中的经验寻找故事。对我而言，生命里如果出现一个心仪的朋友，那一定是在乡下，乡下人用“填充”来满足我缺憾的空间，大度地让我抄袭他们的人生。每个人都经历着社会变迁，从一套价值观到另一套价值观，社会不是稳定不变的。回到从前肯定不可能，但是会是一种什么样的形式回归？我选择写手艺人，写乡村，相比时间，他们是有重量的，他们的故事透彻地穿越时间留存下来，他们的回归也许让我能够看见远方。

香从臭中来

题 记

当臭悄悄地被黄土下富集根系的海绵体吸收时，我们的粮食就借了粪蛋子的光长得活生起来。

臭的作用是相对于香而言的，只有臭才能显示出香肆无忌惮的力量。1961年在山西太原有一个16岁的积粪姑娘，她叫阎二变。1960年的年关，二变的爹阎五则从生产队领回来一项任务：快过春节了，过春节人们自然要改善生活，吃的好产生的粪蛋子自然就质量高，在这个时候去积粪不啻是一个大丰收，阎五则想。

开完会回到家里，女儿问："开的什么会呀，爹？"

阎五则说："积粪会。"

女儿：“啊。”

阎五则进一步补充说：“一颗粪蛋一颗粮，没有粪蛋粮不长。城市里人吃得好，产粪多，爹明天就乘这个正月天去城市积粪了。”

没有等爹说完女儿就抢了说：“爹，你要领我一块儿去，去看一看大地方。”

腊月二十六阎二变和她爹拉了粪桶进了太原城。

正月天掏粪，一些城市人就张了血口骂：“种地人进城掏粪，也不看个时晌，搞得一正月天都是屎巴巴，死气。”二变不仅没有感受到大城市的好处还受了一肚子委屈，夜里躺在被窝里偷着哭。阎五则知道女儿哭了，就把手放在女儿的被子上说：“妮妮家有啥可哭?”

女儿说：“城里人吃粮食，就不知道粮食是粪养的!”

阎五则说：“城里人不懂事理，我妮也不懂！你可是高小毕业的青年啊！不闻大粪臭，那得粮食香。”

阎二变把头伸出被窝，表示了要听爹的话，知道了香从臭中来的道理，心里想：那些城里人都是一些香臭不分的家伙，不值得为他们生气。

寒风刺骨的季节，天不明二变就起床做饭，吃完饭拉上粪桶去掏茅粪，阎五则掏男茅房，她掏女茅房，掏完后一车一车运到住地，搅匀摊好，晒干后再垛起来。有的小伙伴问她："你不嫌臭吗?"她说："谁嫌粪臭，那是他的思想不对。"

1961年，阎二变和她爹为榆次市什贴公社李坊生产队积粪25万斤。

香从臭中生，它不仅是一个反比问题，还应是一种平衡心里的重要链环。香从臭中生，可以说它质朴到了极致。从世俗的眼光看它更是道出了生活的真谛，生活是以什么作底呢？当然是殷实富裕的经济啦，富裕的生活让人们大饱口福，大做文章，吃得越好，产生的粪蛋子越臭，吃得越好，粪蛋子的营养越高。富裕的生活又让人们对土地产生了纯粹的希望，渴望粪蛋子肥美丰润的臭来酿造淡密疏郁的香。那样，生长的粮食才叫粮食。当臭悄悄地被黄土下富集根系的海绵体吸收时，我们的粮食就借了粪蛋子的光长得活生起来。如今，粮食的肥料在走一条白色工业化道路，我们的农民也已经很少用那种泛着陶一般沉稳釉彩的粪蛋子了。

多年后，我读茨威格的文章，他写道："所有生活的安定和次序最高成就的获得都是以放弃为代价的。"我们放弃了粪蛋子，事实上我们在让粮食毁容，而我们自己的生命也在透着血光。

香从臭中来，一句具有质朴优点的话。

阎二变说："谁嫌粪臭，那是他的思想不对。"

倘若我们的思想对头，那么谁还有心思来为我们收获粘了粪蛋子的粮食!?

眼仁里那些印

题记

月光照着窗台，移动那只花猫的影子，被炕墙挡得跌落在花被上，跌落到睡觉人的睫毛上，茸茸如霜毫。

2012年的春天，桃花在温润的地气推助下开花，春天最有风韵的那个部分由桃花的绿意释放出来，我无比陶醉。

看这样的景致时是在傍晚，我在一座老屋的脚地上站着，透过一扇老窗的花格，天地间一片花红柳绿。那个安静，那个衰落，那些个桃花开得烂漫。任何时代都需要殉道者，殉道本身就具有意义。那么谁是一个时代的殉道者？破败下去的旧时老屋里的主人吗？还是就应该是一座老屋。旧去了，连老窗的花格都糟烂了，可那规格还在。一阵风刮过，花蕊的香袭来，花瓣如发情的蜜蜂婀娜而飞。这样的窗户，也只有旧时代。

我害怕一丝声息都会惊吓那些花格上糟烂的木纹。窗户之内，青砖地面，几代人走过的脚印重重叠叠，大大小小，生命存活于瞬间真实，有多少双眼睛透过窗户的花格望着外面曾经笑容烂漫过？

与天空，与风，与雨雪，与隔窗有耳，有一种深邃的味道。

《说文》说："在墙曰牖，在屋曰囱。"牖会意。从片、户、甫。片，锯开的木片，"户"指窗。先秦多用牖，窗少见。牖，穿壁以木为交窗也。段注："交窗者，以木横直为之，即今之窗也。在墙曰牖，在屋曰窗。"苏轼的《柳子玉亦见和因以送之兼寄其兄子璋道人》说："晴囱咽日肝肠煖，古殿朝真屦袖香。""囱"应该就是"窗"了。在所有的感觉中视觉定然是使人最快乐的，这让我想到每一块参与建筑的木头，几百年之后依然无言地向你叙述着这些建筑的奇绝和透视的温暖。从人心深处到大千世界，看过去，是生命的活水流动。

窗户内的事情在历史深处早已破败无着，窗外的世界依然日新月异。我一直认为窗户就是建筑的眼睛，哪怕它已经散乱，沦陷到大地的内部，但你依然可以感受到它的明亮。

我们先从窗棂说起。传统的窗棂大都雕花，如仙桃葫芦，福寿延年，石榴蝙蝠，扇状瓶形等，极富富贵趣味。富贵是人类向上努力的目标，那个目标之上永远填补不了心灵的空虚。趣味是需要用心悟得，增一分恶，减一分俗。富贵也是修来的，一是修心；二是修性；三是修行。所有的寓意和自然有关。“人在观察大自然的时候，会把心中最美好的东西拿出来。”这句话是普里什文说的。

再来看我们中国传统建筑中的门窗。木构建筑，墙体一般都不承重，隔扇、槛窗可以做得轻盈通透，窗又常处在人们的视觉中心区域内，抬眼之间，朝夕相处的四季轮回扑面而来。至少从汉代以来，我们的祖先就已将自己的祈愿、祝福和喜悦刻在了窗的棂子、绦环板和裙板之上了。那份趣味不仅是窗户上的，也是窗户外的。比如在古典名诗中就有：“窗含西岭千秋雪，门泊东吴万里船。”“梦觉隔窗残月尽，五更春鸟满山啼。”“深秋帘幕千家雨，落日楼台一笛风。”“今夜偏知春气暖，虫声新透绿窗纱。”美好的诗句流逝不灭！

岁月中一路想起，也只有祖父窑门旁那扇窗户，夜静时望月，一格玻璃，两手青灰。不知多少人从此处望过，生多少种心情？有些痛既是人的，也是窗户的，终究，脆弱的是人，古老的是窗外月。

宋太祖建国时为避免安史之乱以来藩镇割据和宦官乱政的悲剧，遂采取重内轻外和重文抑武的国家政策。著名史学家陈寅恪言：“华夏民族之文化，历数千载之演进，造极于赵宋之世。”宋代，更是中国建筑发展的鼎盛期，这一时期出现了大量功能性好、棂条组合丰富、艺术和审美价值较高的门窗样式，最具中国特点的隔扇开始普遍采用，促使建筑的整体风貌与室内的采光、通风得到改善。

我在沁河两岸已经看不到宋代的窗户了，所能见到的传统门窗，大多是明清两代的遗构。一切都不再是从前，一切都在改变。我穿行在老屋四下，以免打断自己的冥想，我想念往昔。一间老屋里，一盘火炕，读书的女子在通透的窗户前，与那个当下保持着一定距离，炉台上的一壶春茶蕴养了她，对往事倾情，窗外的世界旖旎媚惑，推开窗扇，把自己放在靠着窗户最近的阳光下，女子的脸，隆重地盈满了屋子里的富贵。

真喜欢过去的时间，是那样的具象、有力！精神上独自出游，那么谁会与荣华富贵结怨呢？不会。看那图案式的窗棂你便知道，文化内涵由门窗纹饰与图案便一目了然了。当门窗成为重要的日常出入时，文人与工匠一道，不遗余力地发挥想象和才智，致使门窗艺术万千风华。官员、商人与文人的需求明显会有差异，文人需求者都会从自己生存环境的角度出发，挑选喜爱或者让社会接受的纹饰与图案。而大多官宦人家喜欢一种含有龙意象的卷草图案做装饰，又叫“卷草缠枝龙”。头部有明显的龙头特征，而身、尾及四肢都成了卷草图案。产生一种连绵不断、轮回永生的祝愿。民间俗世的，有盘长、梅花、冰纹、大桃子、圆、万字、寿字等，拖拽着深厚的寓意，把看过去的眼睛养得蓬勃芳香。唐代和唐代以前常常用直棂窗，以直棂窗为代表。到宋代、辽代也做直棂窗，但是，带图案的装纹窗逐渐地多起来，金代大力发展隔扇窗，在三间房中两间的窗子即用直棂窗，下部修筑槛墙。清代，除方格窗之外还有槛格窗。

沁河两岸窗户下有压窗石，大多是狮子滚绣球、桃子和石榴。

不过沁河两岸和陕北窑洞及山西平遥四合院，不太一样，平遥和陕北喜欢做一个大花窗。大花为樱桃、双钱、麒麟钱，喜庆。

我一直不喜欢古钱图案，无端地会让我浮躁。

最早糊窗纸是什么我不知道，只知道沁河两岸的糊窗纸是麻纸，桑树皮做的，有木质的纤维隐约在里面，特别保暖。雍正年间，每年夏秋之际，有分别来自英国、法国、荷兰、奥地利和瑞典的贸易大船，挣出雾障海路而来。这些大船前来购买中国的茶叶、瓷器和丝绸，虽然船上带来的基本上都是白银（一般是三至五吨重的西班牙银币），但是也有一些西洋物产，比如呢绒、钟表等，其中有一样比较特别的物产，就是玻璃。

窗户上镶嵌玻璃，只是大户官宦人家才有的，但也不是满镶，也只有窗格中间四格镶嵌就算比较奢华了。隔窗有耳，不如说是屏息静气，那么隔窗有眼，便是不露声色了。有了玻璃便有了明亮，便没有了秘密。我一直喜欢麻纸糊窗的那种味道，比如春夜月色之下，我很强烈地感受光线黄黄的，衬托着糊窗纸上的民间剪纸，很生动，是幸福的印记，也是世俗的色彩。

月光照着窗台，移动那只花猫的影子，被炕墙挡得跌落在花被上，跌落到睡觉人的睫毛上，茸茸如霜毫。过去的老窗户上没见挂过窗帘，倒是有遮羞窗，是不是有了玻璃才挂起了窗帘？有一句老话叫“捅破窗户纸”，有了玻璃以后，便有了“玻璃肚皮——看透心肝”。《红楼梦》写下一个丫头叫玻璃，是不是曹雪芹因了玻璃的金贵信手拈来？

窗下事千般景致，万种风情，成就人一生难以泯灭的情怀。有《题窗上诗》：“何人窗下读书声，南斗阑干北斗横。千里思家归不得，春风肠断石头城。”《纱窗恨》：“新春燕子还来至，一双飞。垒巢泥湿时时坠，涴人衣。后园里、看百花发，香风拂、绣户金扉。月照纱窗，恨依依。”其实说来，窗下事都是动，闷在心里的念想，拱出窗户纸便都开始发芽了。

晚霞收尽老屋的人声和呼吸，走进春天，青草散发出弥久的清香，花瓣一地，今晚留宿何处？我身后的村庄变得幽深，时光的一半是恩赐，一半是降服，突然明白，备受现代文明熏染的我，毕竟还有自觉的“痛苦”，这一个词两个字，可能已经伤及了我的骨头，动我心颜，撩我潸然。

月下，永康江穿城而过

题记

一目了然的方岩，带着野性，像植物上欲滴的露水，凝结着时光，纯真着永康人的山水岁月。

一

那一年去兰州，记得也是入秋时，同行中一位写诗歌的永康女孩叫杨芳，一路走一路熟识，我们在同一个瞬间感受到了世界的广袤，同行在通往河西走廊的戈壁滩上，夜明如水，漫天星雨，黑暗的世界里闪烁着难以胜数的星辰，偶尔其间也会有流星闪过，划出一道两道长线陨落。

杨芳说："我的故乡方岩的天空此刻也是满天星斗。"

那时便知道了永康的方岩。自然世界，真是无比奇妙，想象着此刻的天空下我的故乡会不会看见流星。现在想来，这种不可思议的结论应该是：对于万物来说，时光的流逝是平等的。我仿佛像个孩子一般，并非从知识的角度，而是从感性上对这个世界有了最初的惊喜。

八十年前，郁达夫在《方岩纪静》里写道："从前看中国画里的奇岩绝壁，皴法皱迭，苍劲雄伟到不可思议的地步，现在到了方岩，向各山略一举目，才知道南宋北派的画山点石，都还有未到之处。"

悠远的时空，就在我们每天生活的同一瞬间。我，对于南宋北派的画山点石未到之处的方岩，神秘感逐年递增。

郁达夫先生的那份悠然与放任，我是不敢想的。在千篇一律的生活面前，能够得暇来到永康，将自己放牧在悠幽的山林，置身于往事中寻梦的方岩，呼吸一口濡湿而清新的空气，秋日的出门人，的确有一种窃喜在胸。

九月的永康在一条“永康江”岸上，江边的树叶浓密得铺张。江水青绿凝碧，在秋阳的拂照下，耀金闪银，鳞波泛泛，轻风吹皱了江面，缕缕潋滟的光带，宛如一条条素娟在水面上飘动。

微风徐去，江中倒映出重檐廊桥西津桥，这是一座始建于清代的石桥墩木结构重檐廊桥，在永康城区南苑路与西津路交叉路口，南北走向，横跨于永康江之上。西津桥真是适合被远望，暗藏着梁木莹润内敛的潮气扑面盈怀，单步梁，歇山顶，阴阳瓦，真是风雨莫及。

西津桥墩高于岸，下可通航。

一座风雨廊桥，是这个城市久远的记忆符号。审美来自一切事物的外表，我喜欢美丽外表下蕴藏的与众不同的心。书上说，对一种事物的真相所知越多，便更有远见，也更懂得这种事物对人的生存呵护。

月亮的存在对于夜晚来说有着非同寻常的意义，风雨廊桥在江面上，月亮皎洁的光辉照耀着外来人永远不能穷尽的远方。永康人在风雨廊桥上眉开眼笑，波涛般的灯光扑面迎怀，月亮在湛蓝色的天幕上渐渐饱满和清晰起来。

唯有月光，始终虔诚地挂在遥远的星空。

好的城市，一定有一条月下江穿城而过。

二

开始进入方岩的腹地，山体平地拔起，四面如削，直耸入云天，峻险非凡，方山远望如城堡，故名方岩，山高384米。书上说：自宋以来，游人络绎不绝。

江河溪海，名山大川，雨露霜雪，历来都是文人骚客的审美客体。方岩不算高山，整座冈峦拱绿耸翠，蓊郁莽莽，灼灼青青，但见山岚缥缈，聚散无定，冉冉旋升，铁锈色的方岩石山耸立其间。

中国画的画山点石，画不出方岩山。

那一刻看到的石山我无法忘怀。郁达夫游方岩时曾说，方岩附近的山都是绝壁陡起，山势险峻，令人望而生畏。山上瀑美洞奇，重峦叠嶂，随着天气和光线变化，方岩也呈现出不同的体态。

此时是午后，在少了人烟的方岩盘山小路上，面对无言的万物，我伫立很久只觉得一股气势迎面扑来，这样的山形，为什么偏偏是这种状态？天地造化中的灵性，形诸在宣纸上，很难重现方岩石山鲜活的生命真实。无论回忆也好，捕捉光影、勾勒情怀也好，充其量只是粗具形体的原始素描，就算是原原本本的照相，也不可能是那种记录三维空间整体信息的全息影片。

郁达夫说："一般宋儒的每喜利用山洞或风景幽丽的地方做讲堂，推其本意，大约总也在想借了自然的威力来压制人欲的缘故；不看金华的山水，这种宋儒的苦心是猜不出来的。"郁达夫是一个对于人欲有特别体会的人，这在《沉沦》《伤感的旅行》等作品中有相当坦诚的表露。

从郁达夫这一段话里，我们可以体会到，一方面是自我的放纵和发泄，一方面又想借助某些外在的力量来压制这股强大的人欲。贯穿于这两者之间的，是人性中比人欲更强大的负罪感。他讲到的"宋儒的苦心"，何尝不是他自己的苦呢？

达夫笔下的"公公岩""婆婆岩""老虎岩"等，依然矗立于地面之上，一目了然。

一目了然的方岩，带着野性，像植物上欲滴的露水，凝结着时光，纯真着永康人的山水岁月。

从方岩的南麓拾级而上，行至山腰，有一依山而筑的楼阁，名为罗汉洞。相传方岩开山祖师“正德禅师”最初在此修行。洞旁有蛟龙泉，泉水清澄，人称方岩“虎跑泉”。从罗汉洞往上，坡陡如梯，称“百步峻”，峻上建有步云亭，亭虽小却甚精致，额有“名山活佛”。

“活佛”应该是说不远即至的胡公祠里敬奉的“胡公”。北宋兵部侍郎胡则，字子正，永康人，尝向仁宗皇帝奏免衢、婺两州身丁钱，百姓感德，故立庙纪念，香火颇旺。山顶尚有读书堂、听泉楼、千人坑、金鼓洞、龟雀亭、“眼睛睁”等胜迹。

如果说一切的宗教产生于苦，对宗教产生的皈依使人们有了解脱法门。而圣人所生发出来的仁心善念、积极进取、坚韧不拔、厚德载物等精神，则成为中华两千多年以来的中国精神，其事功是可称得上光耀千古。

我称永康的胡公为圣人。

胡则生于永康一个普通的农民家庭，由于家里条件并不好，胡则还帮着家人种过田，也学过不少农活和手工活，为曾“田舍郎”，因此，对老百姓的生活便有了切身体会，以至在之后的为官路上，一直记着百姓的难。

中国是一个熟人社会。熟人社会的有效运转不能依赖强权，而需要的是道德垂范与对人心世故的熟练运用，这也是儒家而不是法家最后成为传统中国主流意识形态的原因。

自古以来，民间社会中生长成为一个圣人太难，体会传说中胡公的仁心善念，修身以德，积极进取，持之以恒，将自己的善以身体力行的方式向外投射，以成圣为目标做好每件事积累事功。口耳代代相传，生生不已，有着很强生命力的胡则在永康很“赫灵”。

民间传说，北宋末年，发生了《水浒传》中提到的方腊农民起义。一开始，起义军声势浩大，所向披靡，一路打到了永康方岩，却死活打不下来。当地官员就向朝廷奏报，说是胡公显灵。于是，官府就封了胡则为祐顺候。

之后，宋高宗赵构应百姓之请求，用“赫灵”两字作为胡公的庙额。

“赫灵”是很灵的意思。

这让我想起了平凡琐碎的人生一定有看不见的秩序，如同在茫茫大海漂泊了一辈子仍然相信这世界有陆地存在。

“赫灵”是一种公道和护佑，哪怕成王败寇，它总是给你有希望的伟力。

三

五峰书院在方岩山脚下，一沟林木，犹如洪荒时代的河流。

我不知道，人类最早的房子是出现在什么年代。泥和石头使人类告别洞穴，有了家园。方岩山脚下的五峰书院，让我体验了石檐滴落的水珠，汇聚成潭，获得一种安静和力量，它遵循了精神的运行轨道，使转动的生活车轮慢下来。

一杯茶中的闲适，人与自然悄悄融合了。从山的豁口处仰观一下远山，蓊郁从树林升腾，烟霞在天际变幻；俯察几眼近处，修篁在晴空中播风，清泉在山涧鸣唱。

以一颗新鲜活泼自由自在的心领悟这世界。千般污浊，万种思虑，都在一刹那间消遁；物我契合，精神自得，生命也就获得了新的意义。

在重庆南山上逛书店

题记

在以时间和空间为纵横轴的坐标上，找到自己并不容易，然而书本可以帮助我们，书中的世界有人们存在的见证。

一、一页纸的重量一定不是声音

在重庆南山上，繁忙的道路突然清静下来，有挑着青菜的农妇没入一片暮色中。南山上的绿植、花朵，披一身细碎的晚夕，一些经历了季节的秋叶由黄而金，作为季节的背景，呈现出沧桑温暖的色调。

远处的高楼和近处的朦胧，我突然觉得一座城市，楼群的高度不是最重要的。低矮的花朵，它们的腰肢是柔软的，迎风摇曳，秋风贴地而生，当一个陌生人融入了这座城市，这些花朵，它们凝聚了光和色，在傍晚的释放与渲染中，让我对重庆南山产生了想象和梦幻。

花朵深处是绿色植物，植物深处是南之山书店。

读书人在城市的街道上行走，长江的岸上，生命无法返回初衷。记忆里的书店已经永远地留在了记忆里，它总是驻留在繁华的热闹地带，匆匆忙忙的行人，携着目的而来，然后怀揣目的而去。书店坚守着城市文艺青年们最后的乌托邦，那些立志要一年读完多少本书的人，最后都向手机投降。那些年的书店在理想中一个接一个开张，又在现实中一个接一个倒闭。

当书店开在僻静地时，书店的目的不仅仅是卖书了。这个安静的书店，除了风声、雨声、鸟鸣和夏日的蝉鸣外再也没有其他声音，交流只限于人与书，人与景，人与心之间，一页纸的重量一定不是声音。

南之山书店的格局比较利落，进入玄关之后，左手边是书架，右手边是落地窗，中间一条走廊贯穿至餐吧，吃货在尽头，楼上是投影间和六个房间。店员说了，这样的店，在许多城市已经很多了，但是重庆没有。重庆被文艺风“吹醒”时，重庆的认识标签就不再是“山城”“火锅”“码头”“美女”，重庆也要做先行者，在南山上，做一盏灯塔，照亮一部分重庆人。

也许“南之山”的作用在于让你无处安放的文艺情怀有了一个温暖的着落。

随着城市经济的快速发展，上班族有了这样的需求：渴望把生活慢下来，有自己的读书空间。来南之山读书的人都是不折不扣的书痴，和书相遇，如同走访一个故交，把远方推向更远，寻找的人愿意脚踩花朵，走入时光投影的深处，如同寻找没有结果，就只想在一扇老木门前终结，以至把行走的快乐看成是自由的快乐。

让书更好地与人相遇，突显寂寞、清冷。

温馨、精致，穿绿围裙的店员，怎么看都是文艺电影的调调。音乐和灯光恰到好处地搭配，书的陈列也很有味道，俯下身，会忘记一切。

其他书店也许只会列畅销榜，但这里，只搞文艺范儿。我看到旅行、摄影及艺术类的书籍、碟片，还有一些精致文艺的小礼品和瓶瓶罐罐售卖。这里会不定期举行各类文化艺术活动，并可重温经典电影，经常能在这里看到艺术家。

点杯茶或咖啡，翻翻手边的书，一切都是锦上添花的好事啊。

南之山书店采用日式现代主义设计风格，在设计之初受到了日本茑屋书店的启发，“神似而形不似”。大片的玻璃窗将室外的山景引到了室内，区别于其他灯光昏暗、以暖色为主的“地下室书店”或“商场书店”，南之山书店提供的是一种明亮、富有朝气的阅读空间；在色彩的搭配上，采用了简洁的黑白作为主色，与绿色的南山结合起来，给人一种宁静纯粹的感觉。

看得见风景的书店，走入和走出如此迅速。古人形容得好：白驹过隙。在没有思考出生命意义的当下，欲望正在消耗着人们的激情，去往僻静处，在以时间和空间为纵横轴的坐标上，找到自己并不容易，然而书本可以帮助我们，书中的世界有人们存在的见证。

南之山书店告诉我们，阅读不应该只有苦读，还应该与美食、美酒、美景、音乐、电影一样，成为一种融入生活点滴的美好享受。

美好，使我们得以在植物和书香中打量人间。

二、和书籍生活在一起，永远不会叹气

“从前有座山，山上有座城，城头没得神住了一群重庆人。”

解放碑、观音桥、渣滓洞、磁器口、长江索道；火锅、抄手、酸辣粉、重庆小面，光听名字就让人口水直流的重庆，处处名胜美食，无处不惊喜。而更大的惊喜是这些暖暖的书店，重庆南山“精典书店”，有90%在卖书，仅有10%在经营咖啡休闲。在这里可以看到壮阔的江景，美丽的渝中半岛，是个读下午书的好地方。

罗曼·罗兰说过：“和书籍生活在一起，永远不会叹气。”

如果你厌倦了都市的喧闹与嘈杂，可以走进书店找一处安静，点上一杯咖啡，一边阅读一边消磨慵懒的午后。淡淡的音乐，简洁雅致的装修，友好热情的服务，闲适慵懒的氛围……

精典书店的书架及顶，书台成排，整齐摆放着近20万册图书，

类别涵盖科学、人文、经济等；独特的吊脚楼设计与莫比乌斯环、克莱因瓶、超级立方体等艺术造型相结合，让书店显得别致、高雅；站在书店的咖啡厅眺望窗外，优美的长江河曲和壮丽的渝中半岛尽收眼底。

“没有科学的人文是愚昧的，没有人文的科学是冰冷的。只有科学与人文的结合，世界才会变得温暖而理性。”

这家创办于1998年的书店，一直秉持不媚俗、不跟风的经营理念，坚持把富有人文精神和科学思想的精品书籍奉献给读者，频繁更新图书，选择最好的国内外名著版本、译本，注重科学图书占比，形成书店“高冷”的特色，但也正因为这样的特色，吸引了一大批阅读爱好者跟随。

2016年年底，精典书店从坚守了18年的解放碑搬离，新店在南滨路开业。落户南滨路后，南岸区政府给予了优惠政策，将区图书馆分馆设于其中，为读者提供借阅服务，举办各类读书活动，业主也最大限度地降低了书店的房租和物管费。

精典书店除了图书业务外，还有画廊、演讲厅、咖啡厅，可以举行画展、摄影展、话剧表演、民乐演出、学术报告等活动，精典书店就是要打造成重庆的“文化客厅”。

由于受到城市发展的冲击，曾经熟悉的书店已经慢慢消失在大众的生活中。其实一家书店，谈使命，过分了点，但创建18年的精典书店，逐渐地承担起了一种责任。

文化产业的发展，离不开文化氛围的培养。书店开设起来了，就要鼓励市民养成阅读的习惯。在南山上，并不只有高大上的商业书店，在背街小巷，你也能找到为普通百姓打造的“阅读空间”。

南岸区龙门浩临近南滨路一带，有一处隐于闹市的文艺老街——下浩老街。虽地处繁华的南滨路旁，置身于老街之中却丝毫感受不到都市的繁闹和喧嚣。这里，有三栋文艺气息十足的小屋，分别叫“冻绿房”“小馆”和“下浩里”，都是南岸区图书馆的分馆。它们不仅构成老街的一道独特风景线，更成为市民阅读的主要阵地，前来阅读的读者络绎不绝。

复古水泥墙上圆形照片、老藤椅搭配着手工靠枕、旧茶桌铺着扎染蓝布，尽管地处东水门大桥下，但“冻绿房”屋里屋外都格外安静。

每个人都有消沉和失意的时候，这时候，书店就是你远离尘嚣的一块人生旅途中的避风港，可以诗意的栖息在这里，回归自我。

三、大众书局打着的是小众阅读招牌

时间似乎一直在考验我们的记忆，让我们挑剔生活，忘记什么不忘记什么，都在恍然之中，仿佛一切也都在寻找之中，一座城市的背后总有一个“看不见的城市”，这个“看不见的城市”才是这个城市的更迭，而情感都有一些隐秘的入口，那就是书店。

南山上的大众书局刻意营造出“慢阅读集合地，重庆文化会客厅”这样的精神栖息地。据了解，重庆大众书局面积为1075平方米，共有12万册图书，是一间住在四合院、以文学类和儿童类书籍为主的综合性书店。

大众书局里面有书林漫步、生态阅读、咖啡飘香、文创开眼、鲜花相伴、烘焙暖心、儿童乐园等8个区域。书局的空间设计很有特点，平层、夹层、转角楼梯、阁楼，极具重庆地形特点的设计，既不单调也不烦琐，各层次的结合恰到好处，是一个具有重庆当地文化特色的现代美感书店。

在消费主义、物质主义的时代，在经历了放逐、碰撞与激荡之后，我们的精神必将走向丰富多彩，并进入一个安静的有书香的世界，享受一种自我解压的体验，也可以由此学习和丰富自身修养。

书，离灵魂最近的地方，在成长的岁月里，在那么多的表达中，选择阅读，在无限展开的书本的时空里，才容得下青春的飞翔。书是有灵性、有温度，甚至有呼吸的，你可以认为世界上最高的是书山，但最低的一定不是海，是人心。因为人心，城市多了一道书店的灯光；因为书店，城市的景色中多了一处文艺的地标；更因为“等等灵魂”，读书也一如“大众”的名字变成了一件小众引领大众喜悦的事。

书店之间的竞争说到底无非就是服务的竞争。大众书局在孜孜探寻和尝试适合读者的个性化服务中，形成以书店为核心的一个读者群。一个城市并不缺少书店，但往往缺少有文化想象力的书店。书店不光是经营的场所，更应该是文化交流的平台。

虽然电子阅读已经普及，但纸质阅读所富有的艺术美感和体验，是无法被替代的。大众书局在空间设计上做了很多新的突破，将书中的想象之美变成书店的现实风景，吸引读者的原因也在这里。以文史书籍见长的书店，一些比较旧的书还存在于书架上，总能给淘书的人一点惊喜。书总是越来越多，于是书架放得很密，书放得很满，更叫人心里安静。

大众书局，有一种说不出的、老派的、淡定的味道。

好时辰——年

题记

一缕炊烟，几声五禽六畜的叫声，人就有了活下去的精气神。

有许多民间的东西消失了，而我对消失的东西一直心怀敬畏。当我知道故乡大年初一依旧保留着送喜神的习惯时，面对无论是现实的故乡，还是精神的故乡，我均无法不泪眼相看。我知道，无尽的朴素和无尽的繁华，与长存的良善一样，一定有，而且永远都在故乡。

故乡的腊月天里充满了年味儿。年的盛典是故乡人用脚力和体力走过来的，就算是一年辛苦，走到年底了，该磨豆腐了，该杀猪了，该宰羊了，也丝毫不敢含糊。村庄被年味儿罩得雾气弥漫，这样的热闹是时刻与别人的生活紧密连在一起的热闹，每家每户都把年看得很重，这种周而复始的热闹，是稼穑父母春播冬藏的盛大典礼，是人生五味甘苦的春华秋实。

年味儿的腊月天让大大小小的人儿看上去充满了期待。从腊月初八给灶王爷上了腊八粥开始，人们就开始掐算着年了。腊八粥是想甜住灶王的嘴。吃了人的嘴短，这样，灶王爷才好上天言好事，回宫降吉祥。故乡对“年”高度的热情，从腊八粥开始，让大人和孩子们日夜思绪难宁。腊月十几，家家户户都蒸上了白的馍，白的十二生肖，黄的米团子。炕皮上的席片放着面板，揉了碱香的面一团一团的懒在案板上，炕围上贴着的报纸是去年的某一天，挂历画上穿泳衣的女子，炕横头的锅台上蒸笼里挤出了热气，灶膛里的火苗蹿出来，谁家的女人喊道：“今年的馍馍一定蒸开花了，看这火欢实了。”戴了铜顶针的手指在蒸锅盖上拍拍，一锅的好生肖出锅了。年把一双黄花闺女的手过成了屋子里的糟糠之妻。腊月二十四扫除，风把去年的尘土刮走了，年近了，真近了啊，孩子们希望年再近点，恨不得天天过年，过到恋爱季节。

离年近得只有一天，三十晚上开始请祖宗了。以前官员可以兴建家庙，寻常人家祭祖，会在厅房或正房墙边摆一条长几，几上放置先人牌位，这些牌位均有木质外罩，并以镂刻为装饰，木罩内的木板上以正楷字体书写着自家祖宗的名字。敬祖宗后开始贴对联，放鞭炮。年夜饭是老百姓一年中最丰盛的家宴，除了酒肴山珍、猪肉粉条，还有生活中说不尽的酸甜苦辣，道不完的儿女亲情。守岁守到五更天，给菩萨上香，放第一声“开门炮”，故乡的年就像炒豆子一样把年炒红火了。

初一五更天，家家院子里燃着明火，孩子们围着火堆嬉闹，大人们开始敬神。耕读传家的乡人首先期望牲畜健壮，田里无病无灾。他们一早要拜的是五瘟和五谷神。读书人自然盼望金榜题名，光耀门楣，在校读书的孩子们跟随大人手捧一把香去夫子殿和文昌阁，其中，文昌阁内供奉文武主考一应俱全。乡间寺庙都是多神共处的，孩子们一一磕过去，所有的神拜过了，一切依顺神佑，去年的不快、顾虑都被洗涤得干干净净，来年就有福了。乡人信奉求什么得什么，尤其是大年来临，仁慈的神会眷顾他们的未来。

大年初一上午，迎喜神开始。从大队的仓库里取出闲置了一年的铜响器，年轻后生们嬉笑着敲响了第一槌锣，“台台，大大，锵!”听见锣响的人们心一下子开了，家家都往篮子里放置牲畜要吃的东西，其实也是人吃的东西。各家各户往出赶牲畜，迎喜神。迎喜神迎的不是哪门子神仙，是乡下人的五禽六畜，这是老祖宗留下来的一个活传统，也是关于生命的事情。

一缕炊烟，几声五畜六禽的叫声，人就有了活下去的精气神。五畜六禽和人一样，一年开始了，一年的开始是简单、自然，也是喜庆，五畜六禽一年给人带来了福，人也要敬重五畜六禽呢。年三十晚上人们吃了岁饺子，大年初一就该五畜六禽吃“岁”了。家家户户把五禽六畜赶到一个大的空地上，篮子里装了最好的吃食——腊月里蒸下的白馍。人围了五禽六畜，有打响的开始“咚咚锵，咚咚锵，咚锵，咚锵，咚咚锵!”很有节奏地敲。原先的时候是细吹细打，现在的人活得都粗糙了，能拿得起细活的不多——乡人把弦乐叫细乐，把锣鼓铜镲叫粗响儿。迎喜神等于是大年初一和五禽六畜一起过年，乡人敬重它们都是一等一的壮劳力呢。乡人相信，磨难会在五禽六畜中激起残忍，而人的心间就应该唤醒良善，良善是所有生命活下去的光明。大地上布满了具有魂魄的事物，牲畜、山水、土地、风、雨、雷、电等，这些事物选择了与人相亲相爱，人更应该毫不吝啬地用亲善爱意把一切生命的激情点燃。

“过年迎喜神啦，五禽六畜一家人啦，一保田地，二保钱财，三保平安，四保喜神，五保祖先，六保太平，千年保富贵，万年保儿孙哪！”

嗵！啪！

年味儿真足了，抓一把，浓稠得确有几分手感。

珍重这个好时辰吧！